戦争と文学

韓国から考える

金正勲

かんよう出版

まえがき

私はこれまで韓国人研究者として日本の作家を再解釈した論考を日本の学術雑誌に発表し、それらをまとめて一冊の論集として出版してきた。二〇〇二年の第一冊目の時は学位論文に手を入れ、『漱石　男の言草・女の仕草』というタイトルで刊行させていただいた。

しかし、作品読みの深みはどうであれ、研究の視野が文芸的表現にとどまっているような気がしてならなかった。韓国人研究者としてのアイデンティティーを強く意識し、日本文学を韓国の視点から読むことに意義をおきつつ、文学と社会の関係にも着目したいと思った。そしてその結果として二〇一〇年、第二冊目である『漱石と朝鮮』を出版するに至った。

本書は第三冊目として出す論集である。前回までは夏目漱石のみを論じてきたが、今回は夏目漱石論二本、松田解子論二本、新美南吉論一本、文炳蘭論一本、韓水山論一本、そして論考の後ろにつけた文学探訪記などで構成されている。これまでより視野が広がったとは思うが、文学の社会的な役割を意識した立場から韓国と日本の作家を同時に論じることができた点は幸いである。文学的コミュニケーションを通じて韓日友好にほんの少しでも役立てればと思うのは、私の研究者としての変わらない夢だからである。

これまでの論集よりも研究対象が多様化し、論じ方も若干革新的な方向に変わってきたとはいえ、本書に一貫しているテーマは「韓日文学に見る反戦」と言えるものに違いない。一人の作家について徹底的に追求した論考ではないが、漱石からはじめ、いずれも戦争の悲惨さを指摘し、平和と民主の価値を叫んだ作家を取り上げているという点に共通点が見出されるといってよかろう。

本書が韓日作家の歴史観・戦争観を理解するうえで、そして韓日の平和と共生・共存を考えるうえで、少しでもお役に立つことがあればこれ以上の喜びはない。韓日未来のための平和テキストとして多くの日本の読者に読んでいただけることを念願してやまない。

目次

まえがき　3

第一章　『明暗』における病気と戦争——漱石の内部と外部のたたかい——

一　はじめに　9　二　津田の病気と欧州戦争　12　三　津田の病気は完治できるか　17
四　津田の病気の実態　21　五　おわりに　27
付記　漱石と韓国—東洋の価値　新たに認識　31

第二章　『点頭録』論——死の年に語る漱石の平和メッセージ——

一　はじめに　35　二　作品誕生の背景　36　三　過去と現在、「一体二様」　41　四　撲滅するべき軍国主義　47　五　トライチケと戦争の弊害　53　六　おわりに　58
付記　『点頭録』、そして『明暗』の誕生　62

第三章　松田解子『花岡事件おぼえがき』考——朝・日、朝・中労働者の連帯の視点から——

一　はじめに　69　二　花岡鉱山の朝鮮人労働者　72　三　花岡鉱山の中国人労働者　77

四　七ツ館事件と朝・日労働者の連帯　82　五　おわりに　89
付記『地底の人々』の舞台を訪ねる（一）　93

第四章　松田解子『地底の人々』論──不適切な関係に見出されるもの──
一　はじめに　97　二　プロレタリア作家としての誕生　98　三　花岡事件への作者の思い　102　四　蘇る七ツ館事件の意味　107　五　悟谷面から来た朝鮮人労働者　111　六　林とどく子の愛　115　七　おわりに　122
付記『地底の人々』の舞台を訪ねる（二）　126

第五章　新美南吉を社会的視座より読み直す──「アブジのくに」ほか──
一　はじめに　131　二　国境を越えたヒューマニズム　133　三「アブジのくに」に描かれた韓日交流　141　四　南吉のリベラルな視点と「塀」　149　五　反戦平和の童謡「ひろったラッパ」　156　六　おわりに　164
付記　韓・日青少年平和交流を振り返る──韓・日作家紹介の視点より──（一）　170

第六章　文炳蘭の詩と作家精神──反戦と抵抗そして統一──
一　はじめに　177　二　成長過程と社会参与の胎動期　179　三「正当性」と民衆詩人としての誕生　184　四　文炳蘭の五月精神と「光州民衆抗争」　193　五　民衆文学から統一文学へ　206　六　おわりに　214

付記　韓・日青少年平和交流を振り返る―韓・日作家紹介の視点より―（二）　219

第七章　韓水山『軍艦島』を読む――朝鮮人徴用抗夫の視点より――

一　はじめに　227　二　改作の経緯と執筆背景　228　三　朝鮮人徴用過程と徴用坑夫の生活像　236　四　朝鮮人徴用坑夫たちの脱出、蜂起　243　五　作品の特徴と主題　248　六　おわりに　254
付記　本章の理解を深めるために　260

初出一覧　263

あとがき　265

凡例

一、作品名および雑誌や新聞の表記は『　』で統一した。
一、縦組みの都合上、洋数字は引用文でも和数字に統一した。
一、引用文の振り仮名は省略し、旧字は新字体に直した。
一、各章本文のあとに、新聞や雑誌などに掲載した短文を付記として掲載した。

第一章　『明暗』における病気と戦争

——漱石の内部と外部のたたかい——

一　はじめに

漱石における病気のことを考えると連想されるところだが、一九一五年、つまり『明暗』を発表する一年前、漱石は『硝子戸の中』で病気のことを次のように書いている。

「そりや癒つたとは云はれませんね。さう時々再発する様ぢや。まあ故の病気の継続なんでせう」

此継続といふ言葉を聞いた時、私は好い事を教へられたやうな気がした。それから以後は、「何うか斯うか生きてゐます」といふ挨拶を已めて、「病気はまだ継続中です」と改めた。さうして其継続の意味を説明する場合には、必ず欧洲の大乱を引合に出した。

青島のドイツ軍と闘う連合軍（イギリス、1914年）

「私は丁度独逸が聯合軍と戦争をしてゐるやうに、病気と戦争をしてゐるのです。今斯うやつて貴方と対坐して居られるのは、天下が太平になつたからではないので、塹壕の中に這入つて、病気と睨めつくらをしてゐるからです。私の身体は乱世です。何時どんな変が起らないとも限りません」（三十）〈傍線筆者〉

要するに病気は「再発」するものであり、「継続中」であることが強調される。だが、ここで見落としたくないのは、語り手「私」がその「継続の意味」を「欧州の大乱」に結びつけている事実である。つまり「私」は病気を戦争に比喩し、「病気中」＝戦争と決めつけているのだ。そこに漱石の視点が重ねられていると見てよかろう。漱石は「私」を通して、「私は丁度独逸が聯合軍と戦争をしてゐるやうに、病気と戦争をしてゐるのです」とはっきり語らせているのだが、これはまぎれもなく、漱石自身にも当てはまる言葉であった。先述したように彼は晩年病気と激しく格闘していたのであり、彼の体は「何時どんな変が起らないとも限」らない「乱世」のような状態であったからだ。この文章から漱石にとって病気の意味がどのようなものであるか掴み取ることができよう。

ところで漱石は一九一六年五月二十六日から東京、大阪の両『朝日新聞』に『明暗』を連載しはじめる。そして、その二日後の五月二十八日の日記に次のように書いた。

糖分の検査つゞき。五月二十八日（?）真鍋より電話。午、晩、二十九日朝、の尿を例の如くパン三分一で試すといふ。二十九日送る。三十一日電話にて報告あり。午の分に出る。是は朝脳を使ふ仕事（小説一回を書く）の為だらうとの疑。是から毎週一回宛尿の検査をやるといふ。午の分に出た糖分は前のより少量なる由。真鍋の助手は研究のため自分の小便の表を作つてゐる由。(1)

『明暗』を連載し始めたばかりだが、漱石の体からは糖が出ている。それを我慢しながら彼は、痔の病気で、津田が医者に診察を受ける場面を描いていく。自分は胃潰瘍と糖尿に苦しみながら、他人の痔の病気を描いていくのだ。肉体の苦しみに抵抗できず、医者に病気の診断を受け、手術を受ける津田を描かなければならないというような必然性はあったのか。それから、果たしてそれはどのようなものであったのだろう。

本章では、漱石の病歴を意識しつつ、津田の病気が時代状況と世界戦争を反映するものと見る視点に立ち、津田の病気を徹底的に解剖し、津田の病気が何を意味するのかを通して、作品の意味を考え直すことを目的にしたい。

二 津田の病気と欧州戦争

漱石は、『明暗』で自分の言説を具象化し、「病気と戦争」をする人間津田を赤裸々に描く。津田の痔の病気、それは決してただの並大抵なものではなく、一九一六年当時の漱石の肉体的・精神的状態をそのまま反映しているものであるに違いない。そのときはちょうど世界戦争中で、妙なことにそれに従い漱石の病気も日に日に悪化しつつあった。[2] 漱石の病気の状態が津田にもうつされ、憂鬱さを呼び起こしているのも当然なことである。

それでは、『明暗』の冒頭、津田が診察を受ける場面から追っていきたい。


医者は探りを入れた後で、手術台の上から津田を下した。

「矢張穴が腸迄続いてゐるんでした。此前探つた時は、途中に瘢痕の隆起があつたので、つい其所が行き留りだとばかり思つて、あゝ云つたんですが、今日疎通を好くする為に、其奴をがり〳〵掻き落して見ると、まだ奥があるんです」
「さうして夫が腸迄続いてゐるんですか」
「さうです。五分位だと思つてゐたのが約一寸程あるんです」（一）

医者の診断は思ったより深刻である。「つい其所が行き留りだ」という前回の医者の判断は間違いであったことが明らかになっている。そうすると医者の診断は誤診であった。つまり病気の状態を軽く見すぎたことになる。前回は「瘢痕の隆起」の有無で判断し、「行き留り」と信じ、「奥」があるかどうかも確認せず、津田を帰らせたわけだ。しかし、物語の現在では津田の病気が予想外に深刻な状態のように描かれている。このことは何を意味するのであろうか。

「奥」があって、「夫が腸迄続いてゐ」て、しかも「五分位だと思つてゐたのが約一寸程ある」と医者は言っている。患者の治療においては専門家である医者の判断ミス、そこから津田に起こり得ることへの意外性や不確かさがうかがえるのだ。実は痔の病気は、発見してから治療してもなかなか治らない病気である。手の届かない局部に位置していて、陰湿で、しかも再発しやすい面倒な病気であるのだ。ところが、医者の「思つてゐた」予測は外れ、津田の病気は津田をますます厄介な境地に陥れる。

その意外性や医者の予測外れは、津田の不安を高める要素であった。自分の病気の症状が分からない人間にかならず襲いかかってくる恐怖、それは「荒川提」へ花見にいき、帰り道で経験した痛みを、津田が電車の中で思い出す場面からも十分受け取れる。病気に対しての津田の心境がもっと露わになっているからだ。「此肉体はいつ何時どんな変に会はないとも限らない。それどころか、今現に何んな変が此肉体のうちに起りつゝあるかも知れない。さうして自分は全く知らずにゐる。恐ろしい事だ」（二）と津田は呟く。これは『硝子戸の中』から引用した言葉と一脈相通じるものである。この「恐ろしい事」が何を連想させているのか予測できよう。前記本文を意識すれば、それは「欧州の大乱」にほかならない。この戦争への意識と肉体からくる不安が漱石の頭脳を占領していて、彼を代弁し津田に語らせているのである。

医者は「根本的の治療」を注文し、「切開して穴と腸と一所にして仕舞ふんです。すると天然自然割かれた面の両側が癒着して来ますから、まあ本式に癒るやうになるんです」（一）と手術を勧誘する。そして医者は、「もし結核性のものだとすると、仮令今仰しやつた様な根本的な手術をして、細い溝を全部腸の方へ切り開いて仕舞つても癒らないんでせう」（一）という津田の問いに、「結核性なら駄目です。夫から夫へと穴を掘つて奥の方へ進んで行くんだから、口元丈治療したつて役にや立ちません」（一）と返事する。病気をめぐって医者と患者の間に悲壮な会話が交わされている。このことは、津田の病気が深刻なものであることを喚起させる。医者の言葉は「根本的な手術」を受けなければならないという論理だから、手術を勧められる津田の病気は、普通の治療や薬による治療では効果がない状態であるのは間違いない。

しかし、医者は「私のは結核性ぢやないんですか」という津田の追窮に「いえ、結核性ぢやありません」と答える。が、「津田は相手の言葉にどれ程の真実さがあるかを確かめやうと」（一）する文章によって、医者の言説に信憑性が問われていることに注意したい。[3] 要するに津田の痔の病気は、「結核性のもの」であるかどうかの問題を離れ、非常に深刻な状態のものであったに間違いない。このところを書き入れる漱石は「戦争」、いわば「欧州の大乱」を意識していただろう。その「戦争」が漱石にとっていかに恐ろしいものであったかを強調せずにはいられない。

漱石は「欧州の大乱」の真っ最中に書いた『点頭録』でその戦争について注目し、「個人の場合でも唯喧嘩に強いのは自慢にならない。徒らに他を傷める丈である。国と国とも同じ事で、単に勝つ見込があるからと云つて、妄りに干戈を動かされては近所が迷惑する丈である。文明を破壊する以外に何の効果もない」（トライチケ四）と述べている。そして、ドイツ軍国主義がひき起こした戦争の残酷な光景を恨めしい視線で見つめ、厳しく批判しながら「あの弾丸とあの硝薬とあの毒瓦斯とそれからあの肉団と鮮血とが、我々人類の未来の運命に、何の位の貢献をしてゐるのだらうかと考へる」。（軍国主義一）

トライチケ（1834～1896）

漱石の戦争観がうかがえるところであると言

ってさしつかえなかろう。戦争の惨事を惨たらしく思い、苦しむ彼の人間的な姿から戦争を憎み、切実に平和を願う漱石の戦争観が掴み取れるのだ。彼は「腥ぐさい舞台」を目を皿のようにして注視し、ドイツ軍国主義がイギリスやフランスの聯合軍を沈没させるかと監視していたのである。漱石はドイツ軍国主義の代表的な人物としてトライチケを取り上げた。彼の生を追跡しながらドイツ軍国主義が発現し、統一ドイツに到るまでの過程を詳細に探った。ドイツ軍国主義の虚像が余地もなく暴露され、告発されたのは当然である。漱石は『点頭録』最後のところに「我々人類が悉く独乙に征服された時、我々は其報酬として独乙から果たして何を給与されるのだらう。独乙もトライチケもまづ其所から説明してかゝらなければならない」というメッセージを残した。世界平和を渇望する絶叫であったのだ。

話が少し横にそれたが、四カ月後その『点頭録』に引き続いて『明暗』を連載したわけだから、漱石は、当時もやはり「独逸が聯合軍と戦争してゐる」現実を意識せざるを得なかっただろう。彼は現実を直視しながら、津田が「病気と戦争してゐる」姿を描くのに努力を傾けていたといえよう。漱石はそれを一年前にあらかじめ予告した。「私は私の病気が継続であるといふ事に気が付いた時、欧洲の戦争も恐らく何時の世からかの継続だらうと考へた」(『硝子戸の中』三十)という言葉は、その事実を如実に証明してくれるからだ。

漱石の念頭には「病気」＝「継続中」＝「戦争」という概念がいつも刻み込まれていたのではないか。そうすると、なぜ津田は医者の言葉に疑問を持つかが問題であるが、それはその言説の裏に隠されている伏線として読み取りたいのである。つまり、医者の否定によって再び津田は病気の実体への疑問を持つのであり、それが津田と医者との間の種になり、この物語の深部へにじりよっていくのである。

三　津田の病気は完治できるか

実際漱石が痔の病気に苦しみ、手術まで受けたのは一九一一年である。彼は二月長与胃腸病院に入院中、文部省から文学博士号授与の意向を伝えられた。しかし、それを拒否し、辞退している。文部省もしつこくせがみつく。胃の病気に悩み、博士号授与の問題で文部省ともめ、愉快な気持ちではなかった漱石は八月大阪朝日新聞社から頼まれ、関西巡回の講演旅行にたつ。真夏に無理をし、「道楽と職業」、「現代日本の開化」、「内容と形式」、「文芸と道徳」という講演を次々と行い、体を壊した彼は帰京すると、神田区錦町（現千代田区神田）の医者佐藤恒祐を訪れる。痔の病気の治療を受けるためであった。その後通院治療をしてもなかなか治らず、ついに一九一一年九月十七日頃佐藤に切開手術をしてもらう。

宮井一郎は、関西講演から東京へ戻ったときの漱石の体の具合や佐藤に手術を受けるまでの経緯を次のように触れている。

痔専門ではないが、花柳病院の医師佐藤恒祐氏が須賀医師の所へ碁を打ちに来ていたので、急にその佐藤医師に来てもらって応急の処置をしてもらった。そして明日改めて佐藤医師の診療所に行くことになった。

佐藤医師は仙台医学専門学校で須賀医師の先輩であった。だから休日などには、時々須賀医師のところへ碁を打ちかたがた遊びに来るのである。これを機会にして、漱石は痔の治療を佐藤医師に依頼するようになった。（略）九月十五日佐藤診療所で肛門周囲炎と診断され、切開手術の必要があると告げられる。手術は何日に行われたか確実ではないが、多分十七日頃であろう。というのは次のようなエピソードがあるからである。

「この頃（注・十八九日頃）漱石が馬場孤蝶氏を訪ね痔の手術をする時、局部注射の必要もないと云われたのに、コカイン注射をしてもらい看護婦達に笑われた事を話したそうである。[4]〈傍線筆者〉

これを読むと、まさに漱石の体験が『明暗』の津田に活かされていることが分かる。病名は「肛門周囲炎」である。はたして佐藤恒祐は正確に診断したのだろうか。だが、彼は決して「痔専門医者ではない。佐藤恒祐は須賀医者の先輩であり、「須賀医師の所へ碁を打ちに来ていたの」だが、漱石はそのようなことから「痔専門ではない」佐藤医者から「応急の処置をしてもらった」。そしてその縁で、彼の「診療所に行くことになった」ことが明らかになっている。今の時点から考えると、理解しかねることで、非常に滑稽な話である。痔の専門医でもないのに、面識があるということで、「応急の処置」をしてもらうだけではなく、その「診療所」に通いながら治療をしているからだ。しかも、ついに彼から「切開手術」まで受ける。

だが、漱石は手術して三カ月も経たない一九一一年十二月八日の日記に「佐藤さんへ行く痔が癒るのやら癒らぬのやら実以て厄介である」と書いている。そして紛れもなく、痔の病気が再発し、その翌年一九一二年九月二十六日には佐藤から再手術まで受けている。漱石はそれを、「正午痔瘻の切開。（略）十時頃錦町一丁目十佐藤医院に来て浣腸。矢張り大した便通なし。十二時消毒して手術にかゝる。コカイン丈にてやる。二十分ばかりかゝる。瘢痕が存外かたいから出血の恐れがあるといふので二階に寝てゐる。括約筋を三分一切る。(5)」と記す。

このような漱石の体験からの恐怖や不安が津田にも生々しく活かされているわけである。「晩食が済んで津田がまだ自分の室へ引き取らない宵の口で」（三）行う津田夫婦の会話からもその憂慮が感じられる。「厭ね、切るなんて、怖くつて。今迄の様にそつとして置いたつて宜かないの」（三）というお延に、津田は「矢張医者の方から云ふと此儘ぢや危険なんだらうね」と答える。しかし、お延は「だけど厭だわ、貴方。もし切り損ないでもすると」（三）といいながら心配するばかりである。「もし切り損ないでもすると」いうお延の言説には、虚構の世界を作り上げていくことにおいて、すべてのことを熟知している作者漱石の意識が織り込まれているといえよう。漱石は佐藤から手術を受けるとき恐れていたのであり、彼自身も「切り損ないでもすると」とそわつきながら佐藤のメスに体を任せたはずである。

いよいよ津田は手術台に上るのだが、その手術場面を漱石は次のように書く。

切物の皿に当つて鳴る音が時々した。鋏で肉をじよき〳〵切るやうな響きが、強く誇張されて鼓膜を威嚇した。津田は其度にカーゼで拭き取らなければならない赤い血潮の色を、想像の眼で腥さそうに眺めた。ぢつと寝かされてゐる彼の神経はぢつとしてゐるのが苦になる程緊張して来た。むづ痒い虫のやうなものが、彼の身体を不安にするために、気味悪く血管の中を這ひ廻つた。（四十二）

「切り損ないでもすると」と思いながら心配したお延の不安によって緊迫感が高潮しているものの、手術失敗のような意外な結果を齎しそうには描かれていない。お延の不安が津田に伝えられ、「手術台に上つて仰向に寝た」津田にとってはきわめて不安な心境であるだろうが、あまりにも平凡な手術場面としてしか感じられないからだ。津田の「局部魔睡は都合よく行つた」。問題は、医者が手術部位をどれほど完璧に切開できたかということだが、それは「鋏で肉をじよき〳〵切るやうな響きが、強く誇張されて鼓膜を威嚇した」と書かれているばかりで、予測できるものは一つも見つからない。

しかし、念頭におかずにいられないのは、漱石が体験したように津田も手術後、医者から「瘢痕が案外堅いんで、出血の恐れがありますから、当分凝としてゐて下さい」（四十二）という注意を受けながら「手術台から下ろされ」るところである。「瘢痕が案外堅い」とはどのような意味であろうか。ややもすれば出血の可能性があるのだから、動かずに療養することを示すであろう。実際「創口に出来る丈多くのカーゼを詰め込まれた」（四十三）ので、津田は「他が想像する倍以上重苦し」く、「階子段を上る時には、割かれた肉とカーゼとが擦れ合つてざら〳〵するやうな」（四十三）状態に落ち込まれていたのだ。

医者の言葉通り実践したなら、治っただろう。「切開すると、出血の危険があるかも知れないといふので、創口へガーゼを詰めた儘、五六日の間は凝として寝て」（四）から三週間ぐらい無理せずに体に気をつけたら、津田の病気は完治できたに相違ない。しかし、漱石に津田の病気を完治する意図はあっただろうか。そのようなことはなく、津田の痔の病気というのは決して完治できるものとして描かれてはいない。つまり肉体的であれ、精神的であれ少なくともそれは、人間にとって予想外深刻性を持つものであり、かえって「行きどまり」が見えないほど悪化していく可能性を喚起させるものとして刻み込まれているわけだ。

四　津田の病気の実態

手術後まもなく津田は、吉川婦人が病院に見舞いに来てくれることを期待しながら彼女を待つ。

吉川婦人は津田に過去の昔を思い出させる仲介人であり、津田に自分と清子、この「二人の間に封じ込められたある問題を、ぽたりと彼の頭に点じた」(百十四)人でもある。吉川夫人の出現に津田は「その後を聴くまいとする努力があつた。また聴かうとする意志も動いた。既に封を切つたものが彼女であるとすれば、中味を披く権利は自分にあるやうにも思はれた」(百十四)のであり、見舞いに来る彼女の登場に心も激しく揺れ動いた。

ところでその場面が、妙に手術した後、医者にガーゼを換えてもらうところと時間的に交差し、重層的に描かれていて、興味を引く。吉川婦人への思いと共に津田の手術部位も改めて話題として浮き彫りになるのだ。つまり、津田が「何とかして此方から吉川夫人を病院へ呼び寄せる工夫はあるまいかと考へ」(百十四)ているとき、医者は現れ、「如何です」と聞いた後、「津田のためにガーゼを取り易へて呉れ」る。そして、「まだ創口の方はそつとして置かないと、危険ですから」(百十五)と注意し、「ぢかに局部を抑へつけてゐる個所を少し緩めて見たら、血が煮染み出したといふ話を用心のためにして聴かせ」(百十五)てやる。医者の注意に「要所を剥がすと、血が迸しるかも知れないといふ身体では、津田も無理をして宅へ帰る訳に行かな」くなるのだ。

しかし、「手術後の経過は良好」であった。手術後五日目津田のために「全部のガーゼを取り替へて呉れた後」、医者が津田に言う場面を見れば、手術には特別な問題はなかったらしい。

「出血は何うです。まだ止まりませんか」

「いや、もう殆んど止まりました」

出血の意味を解し得ない津田は、此返事の意味をも解し得なかつた。好い加減に「もう癒りました」といふ解釈をそれに付けて大変喜こんだ。然し本式の事実は彼の考へる通りにも行かなかつた。彼と医者の間に起つた一場の問答がその辺の消息を明らかにした。

「是が癒り損なつたら何うなるんでせう」

「又切るんです。さうして前よりも軽く穴が残るんです」

「心細いですな」

「なに十中八九は癒るに極つてます」

筆者が外科医に痔について確認しつつ翻訳した『明暗』（初の韓国語版）

「ぢや本当の意味で全癒といふと、まだ中々時間が掛るんですね」

「早くて三週間遅くて四週間です」

「此所を出るのは？」

「出るのは明後日位で差支ありません」

津田は有難たがつた。さうして出たらすぐ温泉に行かうと覚悟した。なまじい医者に相談して転地を禁じられで

もすると、却つて神経を悩ます丈損だと打算した彼はわざと黙つてゐた。（百五十三）〈傍線筆者〉

津田の病気は正確に言えば痔瘻（穴痔）である。治療法においては現代とは異なるところもあるだろうが、今の時点からみても本文の内容は十分通用するものである。津田は言ってみれば、肉芽組織で出来ている瘻管を切開する手術を受けたに違いない。痔瘻の治療には、その肉芽組織で出来ている瘻管を除去するより良い方法はないとされているからだ。(6)

漱石の日記にも確かに「正午痔瘻の切開」と書かれ、「切開」という用語が用いられている。「括約筋を切り残したと仰しやるけれども、それで何うして下からガーゼが詰められるんですか」（百五十三）と聞く津田に「括約筋はとば口にやありません。五分程引つ込んでます。それを下から斜に三分程削り上げた所があるのです」と医者も確実な返事をしているので、付言するまでもないだろう。

ところで問題は、お延が心配したように「切り損ないでもすると」（小さく切り過ぎる）と再発する可能性があることだ。「痔専門」医者ではない佐藤から手術を受けた漱石の痔が再発したのも、この事実と無関係ではないだろう。ようするに津田が「「もう癒りました」といふ解釈」を勝手にするのは、大間違いである。まず「是が癒り損なつたら何うなるんでせう」という津田の問いに「又切るんです」と医者が答える如く、手術が終って五日目に入り、「全部のカーゼを取り替へ」た段階に入ったとしても、切り損なっている可能性はいくらでもある。それなのに、「好い加減に「もう癒りました」」と解釈する津田はあまりにもその病気について無知であったわけだ。津田の立場からいえば一日も早く治りたかったのだろう。そして、そのまま温泉場へ向かいたかったのであろう。

しかし、津田が喜びを表す文章の後、すぐくる「然し本式の事実は彼の考へる通りにも行かなかつた。彼と医者の間に起つた一場の問答がその辺の消息を明らかにした」とは何を意味するであろうか。津田の考える通りには決して行かないような気がしてならないのだ。「切り損なう」ことについての問答が医者と津田の間に入り込んで、津田の予想を破るかのように強調されている気さえする。しかも「本当の意味」の「全癒」なら「早くて三週間遅くて四週間」はかかると医者はきっぱり言っている。このことは、逆にいつでも出血の可能性はあるということを指し示しているのではなかろうか。それに津田は、温泉に行く目的を実行するため、「なまじい医者に相談して転地を禁じられでもすると、却つて神経を悩ます丈が損だ」と思い込み、医者には一言も断わっていない。それこそ重大な問題であり、精神的・肉体的に苦しみを加えるはずの過去の女性清子に再会することが、いかに彼の病気に損になるかを津田は全く意識していないのだ。果たして津田の病気はどうなるだろうか。

漱石自身も、自分の痔の病気が予想外の深刻さを持つものであることを体験から切実に自覚したはずである。彼は、一九一二年九月二十六日佐藤から二度目の切開手術を受けてから十月一日の日記に「十一時浣腸。ガーゼを取り替へる。瓦斯多量に出る。便は軟便にて少々なり。「出血はありましたか」と聞く。「是が癒り損なつたらどうなるでせう」「又切るんですさうして前よりも軽く穴が残るのです」心細い事である。「なに十中八九迄は癒るのです」「三週間遅くて四週間です。」「括約筋をどうして切り残して下からガーゼが詰められるのですか」「括約筋は肛門の出にやありません。五分程引込んでゐます。夫を下からハスに三分程削り上げた所があるのです。括約筋の幅の三分一です」瘡のない右の方が急にはれて苦しい[7]」と記しているから、生々しい証言として残っているのだが、いかにその病気が治らない病気であるか実感したに違いない。

したがって、津田の病気も治るものとしては書かれていない。手術を受けたが、完治になる可能性は希薄であるように受け取らざるを得ない。漱石は、手術後まもなく清子に会う目的で無理に温泉へ出かける津田の姿を描き込んでおくことを忘れていなかった。そして温泉場についた津田に「今のうちならまだ何うでも出来る。本当に療治の目的で来た客にならうと思へばなれる。ならうとなるまいと今のお前は自由だ。」(百七十三)と独り事を語らせる。「転地療養」とはいうものの、津田の外出は湯治療のためではなかったのだ。医学の立場からより綿密な検討が必要だが、それは専門家に譲りたい。

津田の局部はどうなるだろうか。「彼女に会うのは何の為だらう。永く彼女を記憶するため？会はなくても今の自分は忘れずにゐるではないか。では彼女を忘れるため？」(百七十二)と津田は温泉に向かう馬車の上で自問するのだが、果たして清子と再会し、その回答を得たのだろうか。しかし、清子との再会を通して、津田は肉の平和も精神の自由も得ることができない。そこから病気の悪化の可能性を予告する漱石の意図を探索することができるのである。

五　おわりに

以上、漱石の病気と世界大戦の問題を意識しながら津田の病気に焦点を当て、『明暗』を読み解いた。つまり、津田の病気に世界戦争の影が根を下ろしているという視点から、病気のことを詳しく探ってきたのである。

津田の病気には漱石の病気が生々しく活かされている。「漱石は痔の治療のために佐藤病院に通院しており、後にその経過を素材として『明暗』を書くが、『明暗』にはこの不安な心情がはっきりと書き表されている(8)」わけである。

ところで、その「不安な心情」はどこから来たのであろうか。それは漱石の内部と外部両面に潜在している根本的な問題であり、その激動の時代を生きた漱石の抱える苦悩でもあった。漱石は死の年であった一九一六年の年明けにそれを『点頭録』に凄絶に吐露している。かつて漱石の文章にそれほど露骨な表現は見られなかったが、前例のない生々しい声であった。いかに漱石が当時精神的・肉体的疲労に陥られていたかはいうまでもない。

伊豆利彦は当時の状況と漱石の心境について触れ、次のように述べている。

大戦は「継続中」であり、革命の波はロシアを始め世界各地に広がろうとしていた。中国・朝鮮を始め、アジアの国々には、帝国主義反対の波が次第に高まり、自由と独立を求める運動が強まって来ていた。日本国内でも、抑圧された民衆が次第に反抗の声を上げ始めていた。この大きな世界の渦の中で、いったい自分はどうなるか、そして日本はどうなるか。自己の死を見詰める漱石は、自分を取り巻く世界の動向に暗い目を向けた。(9)

漱石の最後の小説『明暗』はそのような時代的背景の下に生まれた。それゆえ『明暗』は、漱石の内部の戦いと外部の戦いが同時に展開されている小説であり、ここにはそれが津田の病気を通じて、徹底的に形象化されているような気がしてならない。要するに津田の病気を軸に作品が展開されていると思われるほど、『明暗』中に津田の病気は重要な伏線として働いているが、同時にそれは非常に象徴的な意味網を形成していると言ってよい。『硝子戸の中』からの「病気の継続」が、『明暗』においては津田の病気として露わになっているわけだ。

漱石は、世界大戦の真っ盛りの一九一六年、『明暗』執筆中に病気と格闘しながら、その身でまた「病気と戦争する」人間津田を描いた。しかし、一方漱石は「欧州の大乱」を意識しつつ津田の病気を描いていたはずである。だから漱石は、津田の病気を自分が経験した病気の意味よりはるかに重要に考えていたのであろう。津田の「主観をこえた肉体の問題」を浮き彫りにする意味はここにあるのであり、それがこの作品にうかがえる独創性であるともいえよう。

注

（1）『漱石全集』第十三巻（岩波書店、一九六六年）八四〇頁。

（2）漱石が晩年胃潰瘍で苦しんでいたことはよく知られている事実である。ところで彼を苦しめたのは胃潰瘍だけではなかった。一九一五年十二月からはリューマチを病んで、一九一六年一月にはリューマチ治療のため、一人で、湯ヶ原の天野屋に出かけた。しかし、漱石の肉体は衰弱し、東京大学医学部真鍋嘉一郎からは糖尿病診断まで受ける。漱石は世界戦争の真っ盛りに『明暗』を連載しながら死に向かって一歩ずつ前進していたのである。

（3）津田の不安を暗示する伏線と見てよかろう。例えば清水茂は「『明暗』にかんする断想」（『作品論夏目漱石』双文社、一九七六年）、鳥井正晴・藤井淑禎『漱石作品論集成 第十二巻・明暗』（桜楓社、一九九一年）二二七頁（所収）で、「『門』の「宗助」の内部に進行していた「神経衰弱」と「結核性のもの」は、生きながら死に、死につつ生きている空しい〈時〉のなりゆきの中での生存の〈不安〉そのものであった。「津田」の痔瘻の「結核性」そのものに、これとおなじ暗喩性、暗示性があるとはおもわれない。が、その「結核性」の有無について、無しとする「医者」の断言が、かえって残した一脈の〈不安〉感そのものに、小説の展開への暗示性がよみとれる」と指摘しているが、これに同感である。

（4）宮井一郎『詳伝　夏目漱石　下巻』（国書刊行会、一九八二年）三〇五〜三〇六頁。

（5）同注（1）七一六頁。

（6）筆者は痔瘻の治療法について専門医者に確認しているが、現代の医療技術が発達し、無痛手術などが流行っており、手術方法が変わったといえども、痔瘻が肉芽組織で出来ている限り、その瘻管を除去するより良い治療法はないことは確実らしい。

（7）同注（1）七一八頁。

（8）伊豆利彦「夏目漱石と天皇制」（『漱石と天皇制』、有精堂、一九八九年）九三頁。

（9）同注（8）一〇〇頁。

付記 漱石と韓国──東洋の価値 新たに認識

今度の震災で被害を受けた日本の皆様にお見舞いを申し上げる気持ちを抱いて熊本空港に降りた。何かの機会で熊本城に寄ったことがあるとはいえ、市内の空気にふれるのは初めてのことだった。

いつか漱石記念館や熊本大学の五号館をこの目で見てみたいと思っていたので、熊本大学文学部が開催するシンポジウム「漱石研究の新地平──東アジアの視点から」に招待を受けた時、異存なく引き受けた。韓国とは昔から交流があり、親しみを覚える地域。漱石はここで鏡子と結婚式を挙げて筆子を産み、菅虎雄や寺田寅彦などと交流を深めていたと思うと、感慨深いものがある。

シンポジウムでの私の発表テーマは「漱石と朝鮮」。日本の学術雑誌に発表してきた論文をまとめ、昨年中央大学出版部で刊行した本の内容を短時間で紹介するのは難しい。韓国での漱石の読まれ方の現状と課題を、訳書出版に関するエピソードを交えて報告させていただいた。

韓国に最初に紹介された作品は『坊っちゃん』(李種烈訳)である。この作品は一九六〇年に青雲社から刊行され、一九六三年に三刷が出た。予想外の反響だったと思う。こうして漱石受容の踏み石が置かれ、その後漱石文学の可能性は読者にアピールされている。漱石受容の風土が定着してもはや半世紀。今日の韓国読者は日本近代を代表する作家として漱石の名を取り上げることに躊躇しない。

売れ行きのよい『坊っちゃん』や『吾輩は猫である』のような作品は何回も新たな装幀で出版され、研究者や大学生のみならず、一般読者にもどんどん読まれている。大学入試準備の論述教材として『吾輩は猫である』を手に持って道路を闊歩する高校生もいれば、『漫画で読破する心』に読み耽っている青少年もいる。漱石読者層は益々広がっており、いまや漱石文学の普遍性に異議を提起する人はいないだろう。

しかし、韓国での読みは初期作品やいくつかの作品に集中する傾向がある。未翻訳の作品が残っているは勿論（注：二〇一七年韓国で漱石全集が出たことを記す）、漱石の日常や執筆経緯などの内容が披瀝され、漱石文学の本質を見極めるのに欠かせないものと思われるジャンルも十分紹介されていない。晩年の随筆『点頭録』や最後の作品『明暗』にはそれほど目が向けられていないのが現状である。近年発表された研究に『明暗』論がほとんど見付からないのはなぜか。だから韓国での漱石読みは、成熟した段階に入っているとはいい難い。が、そこには東アジアで共有してきた価値と、綿々と受け継がれてきた文化の独自性が見出されるはずだ。新しい可能性が開かれる余地はあるだろう。

熊本大学でのシンポジウムは、韓国での読みの課題を呼び起こし、漱石を通して韓日の研究者が心を交わし、各自の視点から東洋の価値を新たに認識する時間であったと思う。韓国で漱石を読む意味は何か。いかに韓国での漱石読みの課題とたたかい、いかに韓国の視点から漱石を読み解くか。私としてはあらためてこの問いの前に真剣に立たざるをえない。

シンポジウム後の懇親会で楽しい話題をもって歓待してくださった先生方に心から感謝したい。いまでも熊本市内を走る電車の路線のような暖かい交流の線が、かけがえのない記憶とともに私の心中を貫いて走っている。

第二章　『点頭録』論

―死の年に語る漱石の平和メッセージ―

一　はじめに

漱石が晩年のエッセイ『点頭録』を『朝日新聞』に掲載し始めたのは一九一六年元日からである。だが、リューマチスなどの病状の悪化から執筆しにくくなり、『点頭録』は一月二十九日まで掲載され、九回で中断された。

漱石の体は胃潰瘍、糖尿病、リューマチスなどで深刻な状態に陥ったのであり、一歩ずつ死に向かって進んでいたと見てよい。しかし、漱石は病気と格闘しながらも円熟の域に達した目で時代の矛盾、理想と現実の乖離を見下ろし、それをどう打破するか苦悩せずにはいられない。漱石は「軍国主義論、軍国主義ハ方便、目的ニアラズ故に時勢遅れなり」（「日記及断片」）と見たのであり、戦争に狂奔するドイツ軍国主義を激烈に批判し、欧州戦争の齎した非人道的な惨状を告発したのである。従来「〈欧州戦争、宗教、社会主義、経済、人道、皆国家主義に勝つ能はず〉(同前)とあるのは、国家主義の優位を肯定したのではなく、そのようなものとして、欧州戦争を批判したものであった[1]」とか、「戦争で軍国主義がドイツばかりではなく、自由主義を標榜する英仏をも支配するにいたったことを、漱石は思想界の内部にまで立ち入って具体的に論じ、軍国主義が世界を支配する危険を鋭く指摘し[2]」たと見る意見が出るのも当然だろう。

本章ではこのような見解などを参考しつつ、死の年に過去を振り返り、また第一次世界大戦の最中、戦争が人類の文明を破壊する様子を懐疑的な視線で見つめ、人類の未来にまで救援の手を差し伸べる漱石の晩年の姿に迫る。そして、漱石思想の結集と見る視点に立って『点頭録』の内容を点検することによって、彼が病勢の悪化の一途を辿りながらも新年早々読者に伝える内容の核心は一体何であったかを明らかにしたい。

二　作品誕生の背景

まずいかなる状況の下に作品が描かれたか、漱石の心境を探ってみよう。当時漱石の心身は決して正常ではなく、悪戦苦痛の状態に置かれていた。実は漱石は『点頭録』を発表する前の一九一五年十一月九日ごろ、休養がてら旧友中村是公と湯河原を訊ねた。それから同月十七日帰京したが、病状はよくならず原稿を書き続けること自体が容易なことではなかった。漱石は十二月二十五日山本松之助に次のような手紙を書く。

漱石（右）と中村是公（左）

拝啓御約束の元日組込のものを今日書かうと思つて机に向つて見ましたがどうも御目出度いものとなると一向趣向が浮びませんので甚だ御気の毒ですが去年の例にならひ正月上旬迄延ばして下さい『大阪』もあてにしてゐるでせうから是はあなたから宜敷御取なしを願ひます

私の正月から書くもの丶名は『点頭録』といふ題で漫筆みたやうなものです

漱石は「趣向」の問題で弁解しているのだが、いかに彼が当時病気の苦しみに悩んでいたか想像できよう。漱石はリューマチスで腕が痛み、創作活動に専念することができなかったわけで、精神的にも肉体的にも色々苦心していたはずだ。しかし、漱石はそのような病中にもかかわらず、近づいてくる死と戦うような心境で読者のための新年の文章を書き続けようとしていたのではないか。翌年元日に自分の過去を振り返る文章を『朝日』に掲載したので、おそらくこの時点では少なくとも『点頭録』の全体的構想、あるいは冒頭の文章はまとまっていただろう。正月元日から二十一日まで九回にわたって、原稿を執筆し、一回「また正月が来た」、二回〜五回「軍国主義」、六回〜九回「トライチケ」という題目で『朝日』に次々と連載したという事実は、それほど読者を意識する執念に燃えていたことの裏付けになる。

したがって、『点頭録』には現実の矛盾を直視し、強靭な精神力で肉体の惰弱さを乗り越えようとした漱石個人の苦悩が見い出されると考えてよい。公的な場で自分の生について触れ、生涯を振り返るようなことは容易なものではないだろうが、漱石は真正面からそれについて言及していく。しかし、一方漱石の体の具合いは自分の運命の不可思議さを予告するごとく、好転せず精神力では克服できないところまで悪化しつつある状態であったと思われる。

一九一六年一月十九日付で松山忠二郎に送った書簡には「左の肩より腕へかけては鈍通はげしくリヨマチか肩の凝か知らざれど兎に角医者の手に合はず困り入候現に原稿などをかくのが非常の苦痛と努力に候」とある。もちろん「事実はリューマティスでもなんでもなく、痛みは糖尿病から来るものであることが、後に真鍋嘉一郎の診察によって、明らかになった[3]」という証言などを念頭におくと、思い込んだ原因による痛みではなかったらしい。だが、そうような都合などで中絶した原稿に二度と手を触れることはなかったわけで、それほど深刻な病状であったことには間違いないだろう。しかし、漱石が再び中村と湯河原に足を運び、病気の転地中にも『点頭録』の原稿を書き続ける意向を示したのも事実である[4]。

こうした精神的執念からか、身体とは反対に衰えない時代意識からか、「大正五年という年を、漱石は、持病の胃潰瘍が「継続中」で、身体とみに衰えた状態で迎え[5]」たものの、もっとも力強い筆致で「漱石としては珍しく時事問題、政治問題に直接に発言[6]」する姿を見せた。そこでは人生行路の端に立たされた人間としての生と、激動の現実を鋭く注視する作家の視線が交差する世界が繰り広げられ、哀切さと強さの両面性を同時に持った漱石の面貌が読者に射程の距離を捉え共感を呼び起こしていると見てよかろう。作品の表層に独特な情緒が漂っているのはそのような点と無関係ではない。

『点頭録』は世界大戦からの惨禍、人命損失など凄惨極まる光景を念頭において描かれたものである。漱石は人類の未来に災いを来たす戦争の弊害と恐怖に敏感に反応していたのであり、それは帝国主義を指向する政府が国家という概念を過度に強調することによって生じる悲劇とも思っていただろう。一九一四年八月に勃発した世界大戦に対する漱石の目は、ドイツだけではなく日本まで意識の世界に浮かべ、その責任を厳しく追及しようとするものであったと思う[7]。

当時その戦争が起こると、日本は日英同盟を根拠に中国を攻撃し、山東省に入り同年十一月青島まで占領したが、漱石はそのことを確実に念頭においていたに違いない。同月日本の青島占領後、学習院輔仁会で行った講演「私の個人主義」で、次のように語る。

国家的道徳といふものは個人的道徳に比べると、ずつと段の低いものの様に見える事です。

元来国と国とは辞令はいくら八釜しくつても、徳義心はそんなにありやしません。詐欺をやる、誤魔化しをやる、ペテンに掛ける、滅茶苦茶なものであります。

青島占領は十一月七日、講演は二十五日であったのであり、漱石は対戦で国家的論理が人間の個性と自由を抑圧する状況を深刻に受け入れていたと思う。「さう国家々々と騒ぎ廻る必要はない筈」なのに、なぜ帝国主義と天皇制国家権力がもっとも上位概念として国民に訴えられるか、彼には納得できなかったはずだ。ところで、国民の生活や個人の自由は国家という名の下に高度に抑圧され、それが結局侵略戦争に寄与することになるので怖い。漱石はそのことを十分自覚していたのではないか。いわば「漱石がこだわりつづけた「個人」の問題は、本来「個人」が決められるはずの自らの生き死にの決定が、最終的に国家に回収されざるをえなくなる帝国主義戦争という場面において、もっとも顕在化される(8)」という状況を彼は悟っていただろう。

同年六月オーストラリア皇太子夫婦がセルビアのナショナリストに殺害された出来事で、ドイツ、オーストリアとイギリス、フランス、ロシアとの戦争に広まった世界大戦は日本にも中国侵略の口実を与え、日露戦争から続いた国民の疲労を深化させ、ひたすら軍備拡充などで国家のために国民が犠牲にされるような状況が反復していた。日本の中国攻撃は、ドイツが占領していた青島を奪還し、ドイツから利権を取り戻し、中国でのヘゲモニーを日本が握る目的の下に行われた。そうした状況の中で、漱石の言葉は戦争そのものに対する違和感とも言えるほど国家主義に対して厳重に警告を下すものであったと思われる。

「国家を標準とする以上、国家を一団と見る以上、余程低級な道徳に甘んじて平気でゐなければならない」と考えた漱石が『点頭録』執筆に取りかかるに至ったのは、「個人主義」を抑圧し人間性を画一化するそのような現実に対する強い抵抗感が自分の内面を絶えず刺激していたことに起因するともいえよう。そして当時木曜会に芥川龍之介・久米正雄・松岡譲・和辻哲郎・内田百閒などの若い文学青年らが参集し、「新しい世代の空気が、彼の書斎に入ってきて、彼を元気づけ、若返らせる思いにした[9]」のであり、そうした雰囲気が彼の執筆意欲を煽り立てたのではないか。「心理的に漱石の受けた影響といえば、同業の新しい星の輝きが、孤独な彼に喜びを与え」、「漱石の晩年に新しい模様が加わった[10]」ことだろう。回想的論調から意外と活力に満ちた文章に転換し、人類の平和の問題に一気に進むところにそのようなムードに乗った気概と若さに劣らない勇気が感じられる。それこそ戦争時代にどう生きるか、という問題に悩み続けた作者漱石の苦悩の痕跡として受け取ることができるのである。

三　過去と現在、「一体二様」

『点頭録』を『東京・大阪朝日新聞』に連載したとき、漱石は四十九歳であった。三十八歳のとき小説を書きはじめ、四十歳のとき朝日新聞社に入社、専業作家として本格的に創作活動に専念した期間は十年に過ぎない。しかし、漱石にとってこの十年の歳月は、彼を「自己本位」を信條とした個人主義の思想家として成長させたのはもちろん、多くの傑作を産み出し、作家として老熟の域に達する期間でもあった。

『吾輩は猫である』（一九〇五）、『坊つちゃん』（一九〇六）、『三四郎』（一九〇八）、『それから』（一九〇九）、『門』（一九一〇）、『彼岸過迄』（一九一二）、『行人』（一九一二）、『こゝろ』（一九一四）、『硝子戸の中』（一九一五）、『道草』（一九一五）に至るまで彼は一年に一回ずつ小説を発表した。そして『明暗』（一九一六）の前に『点頭録』を出したわけである。彼の永眠で中断される作品『明暗』執筆の前に過去を回想する漱石の脳裏には様々な記憶が交差していたに違いない。漱石は『点頭録』冒頭に次のようにいう。

> また正月が来た。振り返ると過去が丸で夢のやうに見える。何時の間に斯う年齢を取つたものか不思議な位である。
> 此感じをもう少し強めると、過去は夢としてさへ存在しなくなる。全くの無になつてしまふ。実際近頃の私は時々たゞの無として自分の過去を観ずる事がしば〳〵ある。（また正月が来た）

「一場の春夢」という言葉があるが、漱石に「過去」は薄らと見える夢のようなものであり、彼は「過去」を「有」と「無」の世界に区別し認識するほど自分の過去を冷静に観照する時点に立っているといえよう。ところで、漱石は自分の過去＝「無」として規定する。老衰したせいではないと言いながらも、目的を持って足を運んでいるのに、「終日行いて未だ会て行かずといふ句」に比喩するほど「過去」を無自覚な対象として捉えているのだ。ここで漱石の過去への認識が、肉体的問題などからではなく、精神的苦悩というより形而上的な観点から生まれるものであることに気づく。

漱石が〈金剛経〉の言葉を引用したのは如実にそのことを証明する。彼は「過去心は不可得なり」と吐露した。漱石にとって過去は、言葉通り不可思議な過去、混沌と不安を象徴する過去で、切実に忘れたい記憶のようなものであったかもしれない。ところが、「過去」のない「現在」もなければ「現在」のない未来もあり得ない。いわば漱石の認識は「過去」に対する全面的な否定ではなく、「過去」は眼に確実に見えない「仮象」なので、人生の不確かさ、あるいは虚しさの意味を内在していると考えてよかろう。だから時間の連続性を強調し、「元日はきのうのひきつづきにすぎないとし、これを人間の子刀細工だとした『道草』の健三の意識の延長上のもの[11]」と見るような視点は有効で、「世の中に片付くなんてものはありやしない」という健三の言葉も元日の前、漱石が演奏した前奏曲のようなものとして読むことができるのである。

いくら「無」の世界と意識しようとしても「過去」はなくならない。裏返して言えば、それは漱石の現在に対する執着と未来への期待を表すともいえよう。それで漱石は、「当来の念々は悉く刹那の現在からすぐ過去に流れ込むものであるから、又瞬刻の現在から何等の段落なしに未来を生み出すものであるから、過去に就て云ひ得べき事は現在に就ても言ひ得べき道理」と付け加え、時間の連続性を強調しただろう。そのように考えれば過去＝「無」あり、また「有」でもある。

漱石は「過去」と「現在」、そして「未来」の積み重ねというべき歳月の流れを「一生」とみて、それを結局夢よりも不確かなものとして規定し、自分の年齢の無意味さを指摘しているが、一方その原因を「暦と鏡の仕業」に探しながらも、「自分の後を振り返ると、過去は夢所ではない。炳呼として明らかに刻下の我を照しつゝある探照灯」と断言している。このことに注目したいが、漱石は決して自分の流れた時間を照らすことだけに満足しないのだ。彼が「現在の我が天地を蔽ひ盡して儼存してゐるといふ確実な事実」を確認せずにはいないのには、十分根拠がある。「余命のあらん限りを最善に利用したい」という気持ちはそこに起因しているだろう。漱石は「創作家の態度」で次のように述べた。

人には現在が一番価値がある様に思はれる。一番意味がある如く感ぜられる。現在が凡ての標準として適当だと信じられる。だから明日になると何だ馬鹿々々しい、どうして、あんな気になれたかと思ふ事がよくあります。

漱石にとって「新」の価値は、現在の時点にもっとも味わえる概念であったかもしれない。しかし「新」は明日になれば、「旧」になる。他方、明日は未来と言えば未来だが、明日になってからは、現在となるのだ。漱石は「人間の歴史はかう云ふ連鎖で結び付けられて居る」と考えていたはずである。

したがって、漱石は、歴史的評価とは別に人間はあくまで現在に価値を求め、生きていると判断したのではないか。時間の連続性を強調しながら現在を価値の基準点として捉える漱石の時間に対する認識の一端をうかがい知ることができる。そのように考えれば漱石のいう「過去」と「現在」という概念を対比し、「無」と「有」、「夢」と「現実」、「不確かさ」と「明確さ」に単純に区分することは無理かもしれない。

「一体二様」の見解も、こうした論理と切り離されるものとは思われない。漱石は「過去」＝「無」＝「夢」と言及しながらも「過去」＝「探照灯」と見るのであり、その価値を「普通にいふ所の論理を超越してゐる異様な現象」として受け入れ、そこに生きる意味を見出していたかのように見える。むしろ漱石にとって「無」への認識は、「有」の可能性を無限に切り開かなくては成り立たないものであったともいえよう。漱石に「絶えざる自己からの脱出、それは自己を「仮像」であり、「無」であるとする自覚によって可能であった」[12]のであり、彼には「無」が存立するからこそ「有」がより鮮明に映り、自分の生を見下ろす相対的な視点も確保できたと考えてよい。

自分の存在が「絶えず過去へ繰り越してゐるといふ動かしがたい真境」を認めないではいられ

ないのもその理由にほかならない。要するに、作家として頂点の位置に立った漱石は自分の過去を鏡に映すような心境で回想しているはずだが、その世界には黒白論理だけでは説明しきれない価値が交じり合って現存していたのではないか。「自分は現実に生きる者として存在するという自覚[13]」を抱きながら過去が現在の意味に蘇るような、そういう「一体二様」のイデアの中から漱石は晩年生活のエネルギーを充電し、作品執筆に取り組み続けていたといえよう。

したがって、漱石にとって「一体二様」とは「過去と現在」や「有」と「無」が共存する世界、「夢と現実」が交差する世界のようなものではなかったか。漱石は「マードック先生の『日本歴史』」で「歴史は過去を振返つた時始めて生れるものである」と述べたことがある。当然「一体二様」の世界には回想と省察、そして期待の視線が照らされるはずで、肉体的に老衰したといえ漱石はそこに精神的価値をおき、日常からささやかな満足を得るため、もがきをしていたのだろう。漱石が「多病な身体が又一年生き延びるにつけて、自分の為すべき事」と述べたのは、その精神に支えられたからに相違ない。

ここで新年を迎え、自分の内部に共存するその矛盾を虚心坦懐に読者に告白する人間漱石の、生に対する執着を感じざるを得ない。そこに明治時代とともに生きてきた彼が、時代的宿命と桎梏から脱皮できない現実を憂鬱な視線で直視し、肉体的な限界を痛感しながらも、新しい一年を迎え、延命を誓うという平凡な人間としての姿が投影されている。

漱石は「年頭に際して、自分は此一体二様の見解を抱いて、わが全生活を、大正五年の潮流に任せる覚悟をした」ときっぱりと語った。そして、「天が自分に又一年の寿命を貸して呉れた事は、平常から時間の欠乏を感じてゐる自分に取つては、何の位の幸福になるか分らない」と述べ、「自分は出来る丈余命のあらん限りを最善に利用したいと心掛けてゐる」と宣言した。漱石にはまさに予測不可能な現実に対する憂慮の心と充実に生きようとした謙虚な姿勢が交差していたといえる。そのような活力によって、漱石は人間性を犯す軍国主義を不義であると認識し憤然として立ち上がるのである。

四　撲滅するべき軍国主義

漱石は『硝子戸の中』で自分の病気だけではなく、第一次世界大戦を念頭におき、「継続中」という言葉を用いていた。ところが、それは『道草』で健三の意識を通じて人間の不可思議さに表現され、また『点頭録』に入って深化し、漱石の時間の連続性を表しながら本格的に戦争そのものを論じる方向に進んでいく。

「軍国主義」の冒頭には世界大戦の影響について聞く人に、漱石がかえって反問する場面が出るが、はやくも「一体二様」の見解を持ち真剣な姿勢で憂慮するべき現実に立ち向かう漱石の姿が読み取られる。漱石は質問者に聞き返す。「何方が勝つた所で、善が栄えるといふ訳でもなし、又何方が負けたにした所で、真が勢を失ふといふ事にもならず、美が輝を減ずるといふ羽目にも

ドイツ軍航空機（第１次世界大戦）

陥る危険はないぢやありませんか」と。このことは、漱石が戦争の勝敗より「善」「真」「美」というような人間的価値をより重んじていることを物語るといえよう。漱石はまったく名分のない世界戦争を悲観的な視線で眺めていただろう。第一次世界大戦は「信仰」や「倫理」、そして「美醜の標準」を判断する精神的観点から見ても、何の利点のない無謀な戦争であった。いわば、「先進資本主義国である列強が世界を領土分割するために、軍事的・経済的に後進民族を征服し植民地化し、ついに資本主義列強間の戦争となった帝国主義戦争(14)」であったからである。それで漱石は、「吾々の精神生活が急激な変化を受けて、所謂文明なるもの、本流に、強い角度の方向転換が行はれる虞はなく、侵略や支配という帝国主義論理だけがドイツ、フランス、イギリス、そして日本に通用され、各国が武力を濫用する状態であると信じていたのではないか。

それなのに、なぜ何の役にも立たぬ戦争は正当化され、人類の文明を破壊し無辜の人命を殺害するのだろう。どうして人間の自由と平和が国家利権のため踏みにじられ抑圧されるのだろう。そのような考えを持ち、新たな一年を迎え延命を誓いながら最善を尽くすはずの漱石の気持ちは、ストレートで戦争の主体を攻める形で表現されている。

今度の戦争は、其の仕懸の空前に大袈裟な丈に、やゝともすると深みの足りない裏面を対照として却て思ひ出させる丈である。自分は常にあの弾丸とあの硝薬とあの毒瓦斯とそれからあの肉団と鮮血とが、我々人類の未来の運命に、何の位の貢献をしてゐるのだらうかと考へる。さうして或る時は気の毒になる。或る時は悲しくなる。又或る時は馬鹿々々しくなる。最後に折々は滑稽さへ感ずる場合もあるといふ残酷な事実を自白せざるを得ない。（軍国主義）

ここに世界大戦に対する漱石の認識が露わになっていると考えてよかろう。戊辰戦争、西南戦争、日清戦争、日露戦争を次々と目撃し、戦争の惨状を十分認識していた漱石には「気の毒さ」、「悲しさ」、「馬鹿々々しさ」、「滑稽さ」という感情が明らかに交差しているからだ。日露戦争の最中『吾輩は猫である』を書き『朝日』専業作家となって、『こゝろ』連載のとき始まった世界大戦を見守ってきた漱石は、自分の人生を振り返るに、戦争と切り離して考えることができないほど深い絆のようなものを覚えたかもしれない。戦争の惨劇が如何に悲劇を伴うか、如何に人間が戦争後の被害とその虚しさに苦しんでいるか、切実に体験していたと思われる。

『吾輩は猫である』はいうまでのなく、日露戦争の旅順戦闘で戦死した哀れな青年の話が描かれる『趣味の遺伝』や那美の元の亭主「野武士」が満州に渡る『草枕』、そして中後期作品『三四郎』『門』『彼岸過迄』『明暗』に至るまで戦争と植民地時代が生んだ悲劇のため、家族を離れる人物らが登場するのも、何らかの形で戦争被害や戦争痕跡と絡む話を読者に伝え、戦争の弊害を告発しようとする気持ちに基づいたものではないか。世界大戦を「浅薄な活動写真」や「軽浮なセンセーショナル」に比喩したのは、その戦争の低俗性を言い表すためであったと言ってよい。「今度の戦争は有史以来特筆大書すべき深刻な事実であると共に、まことに根の張らない見掛倒しの空々しい事実」と述べ、世界大戦を軽蔑の目で見詰める漱石の真摯な態度から平和を希求する漱石の心を読み取ることができる。

漱石の人生を念頭におくとき、晩年の活動振りや下がらない気迫には目を見張るものがある。晩年の漱石がどれほど社会問題に関心を寄せているかは、当時漱石の足跡を辿ればすぐ分かる。『点頭録』を発表する一年前の一九一五年、漱石は衆議院選挙で堺利彦らと一緒に馬場孤蝶を手伝う政治活動に参加した。馬場は当時立候補者の中で、もっとも進歩的性向の民主主義を指向していたのであり、馬場を後援した晩年の漱石内部には若者に劣らない意識的熱情が燃えていたに違いない。馬場の立候補理由は、「女子をも含む選挙権の大拡張」、「軍閥の跋扈に反対し、軍部大臣武官制の打破、軍備縮小、治安警察法の撤廃、営業税等の悪税廃止など[15]」のスローガンを主張するためであった。ところで、漱石はその馬場の推薦人になって活動を展開したので、漱石の意識の底辺に流れる問題意識がどこを向いていたか、十分想像できよう。「軍国主義」への痛烈な批判は、そのような漱石の鮮烈な、社会矛盾に対する深い疑惑が表面化したことである。

それゆえ、漱石が世界戦争の勃発以来、それに憂慮に堪えない視線を送り、「軍国主義の未来」に気掛かりを持ち注視するのは不自然なことではないだろう。彼が「砲火の響」を「軍国主義の発言」と見る理由もそこにあると思う。したがって漱石の苦悩は、どう軍国主義と国家主義を打破するか、どう個人の自由を守るか、という問いに向いていたはずである。「私の個人主義」の例を一々引用するまでもなく、漱石ほど徹底的に国家より個人を強調した作家はいないだろう。もちろん、それは戦争の加害者たる国や日本の軍国主義を念頭においての発想であり、帝国政府の大陸侵略による絶えない戦争に起因する不安な国民生活や、言論弾圧、権力濫用の現実に立ち向かう彼の意図を抜きに考えることができない。漱石の関心が、「軍国主義を標榜する独逸」が連合国に勝つというより、「独逸に因つて代表された軍国主義が、多年英仏に於て培養された個人の自由を破壊し去るだらうか」にあるのは当然なことである。いわば「漱石は、第一次世界大戦後の世界の中心的な問題を、「軍国主義」と「個人主義」との対立に見てとった[16]」のであり、その個人主義が脅かされつつある現実を嘆かずにはいられないわけだ。

しかし、漱石の鋭い視線はそこにとどまっていない。「軍国主義なるもの丶価値」が流行のように各国に認められ、それを追求する雰囲気が広まる方向へ進む現状を警戒するのである。漱石はその例として個人の自由を重要視したイギリスが「強制徴兵案」を議会に提出し、その案件が通過したことに注目する。要するに彼は、ドイツ軍国主義の傾向がイギリスにも伝染したと考えて、その変化をドイツ軍国主義の勝利と診断するのだ。戦争中ではあるが、イギリスは精神的にドイツに負けたと評する漱石の心境がどれほど辛いものであったか、十分納得できる。

それではフランスは漱石にどう思われたのだろうか。漱石は「飛行船から投下された爆弾以外に、まだ寸土も敵兵に踏まれてゐない英国に比較すると、此精神的打撃は更に幾倍の深刻さを加へてゐる」と考えた。そして、国土の一部をドイツに蹂躙され、官庁までを移転せざるを得なくなったフランス人にはそれが「甚だ痛ましい事実」だろうと判断する。「世界大戦は第二年目に入って、ドイツ・オーストリアの同盟軍は四囲の連合軍を破って優勢に戦を進め」、「この戦争を背景に、『點頭録』はついで『軍国主義』、『トライチケ』の二項目を論じている[17]」のであり、当時は漱石の目に脅威的な軍国主義によって、フランス自由主義の侵される様子が鮮明に映る時であっただろう。ところで漱石が気にしたのは、フランス人に不利な結果を招く戦争推移による「思想」や「言説」の変化である。「独逸人の混入した不純な概念」がフランス自由主義に浸透し、思想と観念の世界に変革を来たすようなことを恐れるのだ。フランスの歴史家パラントの文章を例に、「力」の意味が歪曲され、「不徳不仁の属性」を帯びるようになったと強調したのは、ドイツ軍国主義がフランスの思想界を食い入ることへの警戒を示す指摘であったに違いない。

したがって、漱石が、すべての原因がドイツ軍国主義によるものであることを改めて認識し、

「消えてしまはなければならない」、「考へる必要を認めない」、「軍国主義なるものを、もつと遠距離から、もつと小さく観察したい」と口述するのは、もはや傍観したいという意図からではなく、自由主義が侵されつつある現状を深刻に受け入れ軍国主義に対する価値をまったく認めないためであったといえる。彼に戦争は、「一の手段に過ぎない」のであり、目的以下の「低級なもの」としてしか評価されないものであった。しかし戦争を遂行する主体はほかならぬ軍国主義である。ここに漱石がドイツ軍国主義の「時代錯誤的精神」を責め、それを撲滅するべき対象として認識する根拠をうかがうことができる。

五　トライチケと戦争の弊害

漱石が「トライチケ」と軍国主義を関連づけ、ドイツ学者や思想家の言論に注目し具体的に自分の見解を披瀝したのは論議の深化と見てよかろう。漱石はニーチェがイギリスの思想界に及ぼした影響を意識しつつ、彼の言説に対する解釈が誤解されている現実への憂慮を表明した。ニーチェの「力」論は民族主義や国家主義を優先するものではなく、かえってそのナショナリズムに抗う意味を示唆しているのに、それが軍国主義と国家という名の下に悪用されていることに、漱石は懸念を表明したのだ。ニーチェが「基督の道徳は奴隷の道徳」であると責め、「ビスマークを憎みトライチケを侮つた」例を挙げているのは、そのような意図を反映したものである。

フランスの批評家がヘーゲルの与えた影響について説明する例も、ドイツ軍国主義やトライチケ思想との関連性を示すものである。いわば、その批評家はヘーゲルの思想が「軍人政治家の実行」に刺激を与えたと見るのであり、プロイセンの「軍国主義はヘーゲルの観念論の結果」と把握している。しかし、漱石はこの解釈について「切実ではな」く、「首肯しがたくなる」と受け入れる。ドイツは勿論、イギリスやフランスでもニーチェやヘーゲルの思想が状況や都合によって誤解されている現実を漱石は鋭く見抜いたからである。

これは何を意味するだろうか。「英仏の評論家」が戦争を「単に当面の事実」や「政治的の問題」としてのみ受け入れ、それにこだわっていることへの疑惑にほかならない。ところで、哲学者の思想・言説と、戦争や軍国主義という概念を分離し考える漱石が日本に目を向けるので、注視せざるを得ない。つまり彼は日露戦争についても、「大哲学者の影響」とは関わりを持っていないような見解を示すのだ。漱石はいう。

戦争はとにかく、其他の小事件にせよ、我日本に起つた歴史的事実の背景に、思想家の思想を基点として据ゑ得るものは殆んどないやうに思ふ。現代の日本に在つて政治は飽く迄も政治である。思想は又何処迄も思想である。二つのものは同じ社会にあつて、てんでんばら〳〵に孤立してゐる。（トライチケ　一）

漱石は「日本の思想家が貧弱なのだらうか。日本の政治家の眼界が狭いのだらうか。」と問い、戦争には思想家の影響が介在していないことを強調するが、これは言い換えれば、戦争の原因である軍国主義、あるいは戦争そのものに対する非難の声として捉えることもできる。ドイツ軍国主義、そしてイギリスやフランスにおけるその思想の浸透に注目しながら日本の状況を念頭におく漱石には、日本軍国主義への容赦ない批判意識も内在していたといえる。思想家の影響によるものでもないのに、どうして戦争は起こるのだろう。あくまで政治と思想は独立し、相互間に理解と交渉もないはずなのに、なぜ戦争で人間の自由と権利が剥奪するのだろう。思想転移の影響からでもないにもかかわらず、日本政府が日露戦争に没頭する有様を漱石は確実に読み取っているわけだ。おそらくこの瞬間漱石は、ドイツ軍国主義がイギリスやフランスだけではなく、日本にも根を下ろしている現実を哀切な視線で見つめていたのではないか。

一九一四年八月七日〜八日の閣議で大隈内閣は戦争を決意し、その閣議席上では「今回の欧州の大禍乱は、日本国運の発展に対する大正新時代の天佑にして、日本国は挙国一致の団結を以て、この天佑を享受せざるべからず」、「国論を世界の大勢に随伴せしむる」(18)という言葉が誓われた。そういう指針の下に日本は侵略の根性を露わにしたのである。「重要なのは、第一次世界大戦下において、日本の中国に対するあからさまな侵略が、ドイツに対する怨恨的ナショナリズムを復活させながら正当化され、そうした気分や感情が領土拡張的な国権ナショナリズムに転化して(19)」いたという事実である。漱石はこの点を十分に意識したはずであり、世界大戦の経緯と過程を追いながら『点頭録』執筆に励んだ彼としては、日本の状況を改めて自覚せずにはいられなかっただろう。ドイツ軍国主義を語る途中で、西洋の思想家と批評家を日本の例に比べ、同一線上で比較する漱石の考えは妥当で、一理あると見てよい。

軍国主義と結びつけて考える時、彼がもっとも注目した人物はやはりトライチケであった。漱石はニーチェやヘーゲルとは反対にトライチケを「新らしい解釈を受ける必要のない名」の持ち主として受容した。「翻訳する必要もなければ又しやうとした所で其余地もない」ほどトライチケの路線が彼には鮮明に見えたからだろう。彼の生は「普魯西中心国家」の理想を具現するためのものであったと言ってよい。彼が留学のとき、講義を聴かずマキアベリを読んで、「専政」でも「圧政」でも「国家の威力を増進する」ためなら「構はないもの」と考えたという事実も、そのことと密接に関わりを持つ。大学でプロイセンの歴史を講義しながら「ごた〳〵した小邦はみんな取り潰してしまはなければならない」とするトライチケ。父母の愛情より国家を優先し、ビスマークを崇拝した彼は自由より統一だけを叫んだ。国家至上主義と力の論理に囚われていたトライチケに戦争は国家復興の機会として思われていたのだ。漱石は、ひたすら国家のみを考え、ドイツの発展のためなら戦争まで覚悟し、「戦争から真に強固にして健全な独乙が生まれて来る」と信じるトライチケの思想を紹介することによって、軍国主義の独善と野蛮さを告発したのである。

しかし、漱石が「あらゆる人道的及び自由主義の運動に反対した」トライチケの生と、彼の思想を具体的に紹介したのは、単にトライチケを批判するためではなかっただろう。漱石は「トライチケの鼓吹した軍国主義、国家主義は畢竟独乙統一の為ではないか」、「既に統一が成立し、帝国が成立し、侵略の虞なくして独乙が優に存在し得た曉には撤回すべき性質のものではないか」と述べている。漱石の指摘は軍国主義の虚しさや虚構性を厳しく追及するものであり、世界に広まりつつある「此主義其物」に何の価値もないということを確実に指し示すと同時に、世界の潮流に乗っている日本の軍国主義とナショナリズムにも警鐘を鳴らすものであったと思う。次の言葉から漱石の意図は明確に読み取れる。

個人の場合でも唯喧嘩に強いのは自慢にならない。徒らに他を傷める丈である。国と国とも同じ事で、単に勝つ見込があるからと云つて、妄りに干戈を動かされては近所が迷惑する丈である。文明を破壊する以外に何の効果もない。勝つものは勝つた後で、其損害を償ふ以上の貢献を、大きな文明に対してしなければならない筈である。（トライチケ　四）

この文章は「私の個人主義」での「自己の個性の発展を仕遂げやうと思ふならば、同時に他人の個性も尊重しなければならないといふ事」、「自己の所有してゐる権力を使用しやうと思ふならば、それに附随してゐる義務といふものを心得なければならないといふ事」、「自己の金力を示さうと願ふなら、それに伴ふ責任を重じなければならないといふ事」という指摘と一脈通じるところがあると言えなくもない。国家間の関係もまったく同一で、軍国主義で他国を押しつけたらどうなるだろうか。相手や「近所が迷惑する丈」で、「何の効果」も価値もないのではないか。戦争はいわば文明略奪を行う犯罪のようなもので、無数の人命を殺害し、人類の歴史が大事に守ってきた多くの遺跡や文化を毀損する。どちらかは追求する利権を得るかもしれないが、当然人的・物的被害はおびただしいものであり、戦争を起こした国家は「尊重」「義務」「責任」という国家倫理を完全に忘却した結果を招いてしまう。しかし、文明を破壊した罪を悔い改める方法は永遠にない。どう損害を補償するだろうか、その問いかけに対する答えもないのだ。

おそらく漱石はそのことを十分意識しながら「私の個人主義」で聴衆に（国家や人間が）権力と金力を濫用するときの弊害を説破したのではないか。冒頭で述べたように、世界大戦勃発後、日本が中国の青島を占領してまもなく講演が行われたことを想起すると、漱石は日本軍国主義の侵略行為を念頭において個人主義と、権力や金力の問題を触れた可能性がなくもない。軍国主義とその象徴トライチケに対する漱石の言葉は「我々人類が悉く独乙に征服された時、我々は其報酬として独乙から果して何を給与されるのだらう。独乙もトライチケもまづ其所から説明してかゝらなければならない」という文章を持って幕を閉じる。軍国主義の空虚さを指摘し、ドイツとトライチケが犯した戦争の責任を問いつめ、なおかつ平和を切望する漱石のメッセージ。そこに晩年生きる意味を誓った漱石の延命の意味を見出さざるを得ないのである。

六　おわりに

趙州和尚の木版画

漱石は『点頭録』で自分の思想と哲学を総体的で巨視的観点から整理している。そして、軍国主義に対する批判とともに人間の究極的な生と平和の問題を論じているのであり、「読者は漱石の個人主義思想が個人の問題から離れ、社会、国家、世界平和という大きな命題に漸進的に移行する過程を追跡することができる」[20]といえよう。

一九一六年『点頭録』を書くときの漱石は向かえた新たな一年に光を照らしていたと思われる。趙州和尚を模範の対象にし、新年を設計しようとした彼の気持ちから如実にその意図が読み取れる。得道はさておき、六十一歳に仏心を得るため修行の道に入った趙州和尚の視点に立つには、漱石は十年も生きなければならなかった。それで趙州より十年も若い自分を強調し、「たとひ百二十迄生きないにしても、力の続く間、努力すればまだ少しは何か出来る様に思ふ」と信じていたのではないか。しかし、予測できるはずのない自分の生を正確に予測したごとく、「過去」と「現在」、「無」と「有」、「夢」と「現実」の間を徘徊し、一九一六年の潮流に「我」を委ねていた漱石はついに世を去ってしまう。

しかし死の年に『点頭録』に語った漱石のメッセージは、軍国主義を排斥し平和を守護する言葉として蘇り、今日も私たちの心を奪い続けている。軍国主義は長期間の歴史を通じて築き上げてきた我々人類の文明と精神を破壊するのであり、それに対極の立場に立った晩年の漱石は、そのような現実の矛盾に闘う心境で立ち向かい、鮮烈な言説で対抗したからである。ここに、国家より個人の自由を優先視する漱石的認識がうかがえると言ってよい。したがって『点頭録』は、国家主義の考えの下に「力」の論理で押し通し、自由主義と個人の権利を抑圧することがいかに無謀であるかを確認する手本として読むことができるのである。

注

（1）田中保隆『夏目漱石』（明治書院、一九六九年）一四一頁。
（2）伊豆利彦『夏目漱石』（新日本出版社、一九九〇年）二〇六～二〇七頁。
（3）小宮豊隆『夏目漱石　下』（岩波書店、一九八七年）二八二頁。
（4）同注（3）二八一～二八二頁参照。
（5）熊坂敦子『夏目漱石の研究』（桜楓社、一九七三年）二二二頁。
（6）瀬沼茂樹『夏目漱石』（東京大学出版会、一九七〇年）二九〇頁。

（7）　漱石は『点頭録』の「トライチケ　一」で軍国主義の象徴としてトライチケを論じながら戦争は思想家や学者の影響によるものではないことを指摘し、「日露戦争が、我日本の生んだ大哲学者の影響によって発見したとは決して思わない。日清戦争も其通りである」と述べている。世界大戦に参戦している当時の日本を意識しての発言であったに違いない。そして世界大戦勃発後、学習院で行われた漱石の「私の個人主義」という講演の意義は、すでに伊豆利彦や小森陽一などの諸氏によって日本の参戦と結びつけられ論じられているが、そのような見解に異論の余地はないと思う。

（8）　小森陽一『漱石を読みなおす』（ちくま新書、一九九五年）二四〇頁。

（9）　板垣直子『夏目漱石　伝記と文学』（至文堂、一九七三年）二二三頁。

（10）　同注（9）二二三頁。

（11）　安東璋二「漱石の時間――〈継続中〉と〈一体二様の生〉」（『語学文学』三十四号、一九九六年）

（12）　伊豆利彦「漱石の精神――一体二様の見解」（『漱石と天皇制』有精堂、一九八九年）五〇頁。

（13）　同注（12）同頁。

（14）　同注（8）二四〇頁。

（15）　同注（2）二〇七頁。

（16）　小森陽一『世紀末の預言者・夏目漱石』（講談社、一九九九年）二八一～二八二頁。

（17）　同注（6）二九〇頁。

（18）　『世外井上公伝』第五巻。

（19）同注（16）二三六頁。
（20）金正勲訳『私の個人主義　他』（チェク世上、二〇〇四年）九頁。

付記　『点頭録』、そして『明暗』の誕生

回想する漱石

日本の近代文豪といえば、韓国の多くの読者は夏目漱石をその対象として思い浮かぶのに躊躇しない。それほど彼の小説はもう国内でも読まれている証拠である。ところで漱石の『こゝろ』『それから』『吾輩は猫である』『坊っちゃん』などの作品を覚える読者は少なくないとはいえ、彼が生を終えた最後の年一九一六年正月に書いた『点頭録』というエッセイを知っている読者は少数である。このエッセイに注目する研究者がいないからであろうが、実は国内に十分紹介されていないのが現状である。

しかし、このエッセイは彼の文学史において非常に重要な意味を持つ。戦争の恐怖とその惨たらしさについてこれまで具体的に言及したことのない漱石が病気に掛かり、肉体的・精神的苦痛に耐え悲痛な現実を鋭い視線で見ながら執筆した『点頭録』は、当時新聞を読む読者たちに明らかな反戦のメッセージを送ってくれた。

一九一六年前後は実に混迷の状況が続いていた。ドイツとオーストリアを中心とした同盟国と、

イギリス、フランス、ロシアなどの連合国の間に世界戦争が起こったからである。自国の産業復興というスローガンを掲げ、海外への市場開拓と原料拡充のために勢力を伸ばしてきた帝国主義列強同士の覇権争いから齎されたその戦争はすでに予告されたものであった。一九一五年ドイツがベルギーでイギリス、フランスなどの連合軍にガスを発射し、多くの人命被害を受けた連合軍もその後、化学武器で応酬、両方は百万以上の死傷者を出す史上最大の惨劇を免れることができない。

漱石は一九一六年が明けるや否や、『点頭録』を執筆し、「また正月が来た。振り返ると過去が丸で夢のやうに見える。何時の間に斯う年齢を取つてものか不思議な位である」と人生を回想し、虚心坦懐に自分の本心を吐露する。そして、真剣な姿勢でドイツ軍国主義とその軍国主義の象徴的人物であるトライチケを赤裸々に批判しながら人類の平和と自由を念願する筆致を見せる。戦争によって全てのものが夢のように果敢ないものになってしまうかもしれない情勢の中で自分を振り返る漱石の心境は果たしてどのようなものであっただろうか。

漱石の過去とその時代

漱石の過去はいつも激動と混乱の時代状況に伴うものであったといえる。日本は十九世紀の帝国主義の流れにアジアの国々がうまく適応せず、西欧の植民地に転落していく時、時代の変化に敏感に対応し、近代国家の足場を作り上げた。長い封建制度を打破しつつ鎖国の扉を開け、大胆に西欧の文物を受容するという目標を立て、文化革命である明治維新を進めたのである。経済的には資本主義を掲げ、政治的には立憲政治を実施し、文化的にはひたすら西欧をモデルとして近代化を推進した。

しかし明治新政府は、このような改革を実現するために天皇中心の国家主義と富国強兵の政策で一貫し、軍事力による膨張政策を遂行した。そして帝国主義の道を歩み、アジア侵略戦争へと狂奔した。こうして明治維新は、アジアでの侵略戦争を正当化する理念として国民の脳裏に根付いたが、一方西欧に対しては盲目的に追従するという二重構造を生み出した。

漱石はこの西欧を捉える視点に問題を提起し、日本の近代化は西欧的近代化に盲従しそれを踏襲してはならないと見て、固有な歴史と文化、伝統を土台に構築される時こそ意味があると主張した。そして西欧の物質文明が日本を精神的に植民地化する状況を警告したのである。

とはいえ、他方西欧の帝国主義に対する抵抗と批判の声に比べ、アジアでの領土拡張をはかる日本帝国主義に対する彼の声は不明確なものだった。特にその態度に惜しい気がする時は一九一〇年前後である。

一九一〇年前後といえば、日本では波乱を呼び起こす事件があった。いわゆる大逆事件だが、一九一一年一月、幸徳秋水を初め、二十四人のアナキストが韓日強制併合に反対し、天皇暗殺を企んだという理由で大逆罪人の対象となり死刑を宣告された。そしてその中で十二人が処刑された。その事件は予想される出来事だった。明治政府はその前年の一九一〇年六月、宮下太吉らを「爆発物取締罰則違反」で検挙し、言論、思想の活動を弾圧する目的でアナキストと社会主義者を無差別に逮捕したからだ。残忍極まる仕打ちだったのである。

実は幸徳秋水は、日本の韓国侵略を厳しく批判したのは勿論、天皇制と日本政府の軍国主義政策に反旗を翻し、東アジア連帯を模索した人物であった。一九〇七年、中国の革新的知識人たちと一緒に東京で「亜洲和親会」を結成し、反帝国主義を目標として個人の自由主義を抹殺し天皇中心の国家主義を強調する日本政府の政策に抗拒し闘争した。民族独立と民族解放の問題を重要な課題として認識し、アジアの平和を念願したのみならず、アジアでの国際的連帯を強調したわけである。当時、母国を失われ、植民地民になった韓国人は日本に拒否感と敵愾心を持っていたので、何人がどのようにその組織に参加したかは明らかではない。だが、彼らの精神は民族主義者中采浩らに影響を及ぼしたうえに、彼らの思想的基盤を形成するのに役割を果したことに対して否定することはできない。

一九一〇年八月の韓日強制併合に反対する声がこうして日本の良心勢力を中心に広がっていく時、漱石はこれについて言及もしなければ、どこにも感想を書き残してはいない。一九〇九年十月二十六日、伊藤博文が安重根《アン・ジュングン》に射殺された時にも彼は別に感慨を述べていない。一九一〇年三月、『朝日新聞』に連載された『門』にこの事件の場面が載ったことは知られている事実だが、伊藤の死因とその背景について読者は知りたくて堪らないにもかかわらず、真正面からは取り組んでいない。だからこそ、読者はその歴史的事件を見る漱石の内心に様々な想像を巡らしているわけである。その時代的状況を、漱石は鋭敏な感性と鋭い目で注視はしていたといえるかもしれない。しかし、『点頭碌』を執筆した時の場合に比すると、非常に間接的でそこに出る「運命」という修辞も、メタファー表現としてしか読めないので、惜しい感が残る。

『点頭録』から『明暗』へ

漱石は四十歳の時、『朝日新聞』の専属作家となり、毎年一編程度の作品を発表しながら創作活動に励んだ。十年の期間だったがこれほど集中力を発揮する時はかつてなかっただろう。その十年を過ごしていよいよ漱石は『点眼録』を発表し、自分の人生を観照する。

何カ月後に近付いてくる生の最後の瞬間と永眠によって中断される『明暗』の執筆前に過去を振り返る漱石には数多くの思いが蘇っていたに違いない。漱石は『点頭録』でその過去を「無」として認識する時があると述べた。しかし、彼は過去を「無」と認識する理由を肉体的に衰えているからだとは感じていない。漱石は「過去心は不可得なり」と告白したのである。そこに作家以前の人間としての真の姿が見出される。

漱石は、『点頭碌』を発表して四カ月後の一九一六年五月二十六日から胃痛と糖尿病に苦しみながら『明暗』を連載し始める。毎日午前一回分を書きながら午後には絵を画いて漢詩の創作にも没頭する。そして漱石は『明暗』の連載中に死を迎えた。「愛と戦争」を描いた最後の作品『明暗』は、漱石の死とともに誕生したのである。

第三章　松田解子『花岡事件おぼえがき』考

―朝・日、朝・中労働者の連帯の視点から―

一　はじめに

「花岡事件」とは何か。松田解子（一九〇五～二〇〇四）は『花岡事件おぼえがき』に次のように述べた。

それはあの第二次世界大戦末期――一九四四年七月二十八日二九九名、翌一九四五年四月一八日五八九名、同年五月十一日九八名、計九八六名の中国人俘虜が、秋田県の一鉱山花岡へ軍と鹿島組の手で強制連行され、戦時増産のための水路変更工事やダム工事に投入され、日本の敗戦までの、わずか一年余のあいだに、その四二・六％の四二〇名の生命を餓死、酷使死、私刑、さらには俘虜の集団決起後のより大規模な弾圧と暴力のなかで生命をうしなっ

たむざんな事件である(1)

恐ろしい出来事だが、松田解子ほど花岡事件の真相究明運動を熾烈に展開した作家はいないだろう。松田は、花岡事件を明白にするための闘争を自ら実践しただけではなく、『地底の人々』のような作品と様々なレポートやルポなどを通して、徹底的にその歴史的真実を記録しているからである(2)。

それでは、なぜ花岡事件は起こったか。多年花岡事件を調査研究している野添憲治は、その背景について触れ、

花岡鉱山は、青森の県境にある中規模の山で、一八八五年に発見された。一九一五年に藤田組に経営が移り、翌年から新鉱床がぞくぞくと発見され、大鉱山になった。良質の銅、鉛、亜鉛などを産出するので、日中戦争がはじまると、軍需産業として注目された。太平洋戦争に突入すると、軍需工場に指定され、軍需省から月産を倍近くに義務づけられた。そして、設備の不備や機械の不足などを補うため、多くの労働力を投入した(3)。

と説明している。戦争に狂奔した日本帝国主義、そしてその権力と結託した企業によって、増産乱掘が追い求められ、隣国貧民に対する搾取と支配は繰り返された。そして、ついに戦争のため

の無法な暴圧によって、多くの無辜の人命が失われたのである。松田はこれに堪え切れない気持ちとうっぷんを抱いていたのではないか。松田は「小説をかくくるしみ」と題をつけ、次のように記したことがある。

花岡鉱山で、戦争中に行われた鉱夫に対する搾取と、朝鮮人徴用夫、中国俘虜、ことに中国俘虜に対して行われた虐殺行為を知ったとき、私は、生理的にじっとしていられなくなった。殺したものにたいする憎悪もだけれど、なにか、非常に内省的な、自分もまた罪人であるようなつらいもので呼吸をとめる思いをした。――そういうことが日本の一つの鉱山でやられていたとき、自分はこの東京で何をやっていたのか。毎日バクダンの雨をくぐりながらも食わんがための職場へかよいつめた。死にたくない、が、死ぬまではくわなくてはならない――そういう動物的な、追いつめられた生活のなかで、鉱夫の子ともうまれた私はいったい、どういう「労仂階級」の一分子として、どういう抵抗を、あの戦争にたいしてやったのか？　そう思うと私はその事件が、単に花岡事件ではなく、私の人生の正と誤、眞と虚、生長と滅亡に直接つながる事件だったのだという気持につきあげられたのだった。（『人民文学』第三巻第十五号、傍線筆者）

朝鮮人と中国人労働者を思う作家の気持ちは、日本帝国の戦争犯罪にどうすることもできなかったという自責の念を伴っている。そして、そこには、花岡鉱山に強制連行され犠牲になった朝鮮人徴用工や中国人俘虜に対し、懺悔するような心境が吐露されていると見てよい。花岡事件を見る松田の視点が、生まれ育った地元で絶命した朝鮮人や中国人の歴史と真実を究明するところに置かれていたのは、こうした理由にほかならないだろう。

本章では、その朝鮮人と中国人労働者の問題を究明するため、花岡事件の現場を自ら探訪し、事件の背景と真相を暴き出し、日本帝国の悪行を追及した松田の現地探訪の報告『花岡事件おぼえがき』（以下『おぼえがき』と表記）を、権力の抑圧とたたかいながら共存と連帯を求めていたと思われる労働者の視点から検証し、その意味を考察したい。

二　花岡鉱山の朝鮮人労働者

『おぼえがき』は、松田解子が一九五〇年九月の体験を回想し記録したルポルタージュで、一九七二年五月十九日から十月十三日まで二十回にわたって『日中友好新聞』に連載された。ここには朝鮮人と中国人労働者が当時花岡鉱山に強制連行され、どのような生活を送り、どう苦しめられていたかが赤裸々に告発されている。だから、これは松田の花岡事件への視点と、その事件の内実を探るのに欠かせないものであると考えてよい。

まず花岡鉱山の朝鮮人労働者は、どのように花岡鉱山まできたか、その過程を追跡してみよう。

松田解子（書斎で、95 歳の時）

当時は「太平洋戦争」中であった。日本帝国は、武力や脅迫などの暴力的方法で朝鮮の各地から若い青年らを強制徴用し、日本の工場と鉱山、そして戦地に送り出し、労働を強要させるのみならず、日本臣民として天皇のためにたたかうことを強いていた。

朝鮮から日本に入る労働者の移動率の推移を見ると、労働者の数は一九一〇年を基点に少しずつ増えつつある。最初彼らは、高い労働賃金とよい労働条件を求め、祖国と故郷を離れて異国の日本に足を踏み入れる例も少なくなかった[4]。朝鮮人労働者の徴用が強制的に行なわれたのは一九三〇年代からである。徴用の場所も、日本だけではなく、満州やサハリンにまで及ぶ。強制連行は日帝末期にさらに酷くなり、特に一九三九年から一九四五年の間にはおおよそ六十六万七千六百九十四人が連行された[5]という事実から、日本帝国が戦争の時、どれほど朝鮮人労働者の搾取に狂奔したか、確実に証明される。

いわゆる一九四一年の「太平洋戦争」に入ると、日本帝国は強制徴用の露骨さを見せ、朝鮮の内部まで入り、強圧的な野蛮さで若い青年らを引っ張り出した。大体十六歳から二十二歳までの青年を集中的に徴用し、強制的に日本全域に送り出すのだが、殆んどの朝鮮労働者は軍需工場や労役場、そして鉱山などに配置された。要するに強制徴用された朝鮮人は直接戦地に送られるのでなければ、戦争のため必要なものを作る場所で働かされるわけである。一九四三年から一九四五年までにはその数百五十万を超えたという。[6] だから日本帝国が強制動員に血眼になっていたと見てよい。『おぼえがき』で松田に花岡鉱山を案内する金一秀さんもその中の一人。彼の同僚の中には「いきなり「来いっ」と、声をかけられ、そのまま連行された」人もいたのであり、徴用者は皆相憐れんでいたともいえよう。

こうした強制連行の方法は、家族との縁を切って、もっぱら日本帝国のために働く機械的人間を養成する目的で行なわれた蛮行で、非人道的なものであった。金一秀さんも母が見ている前で連行される。金さんは、「わたしの家に来たのは深夜——午前の二時頃、……母が泣いていたのむのに、むりやり連行された」と述べている。言ってみれば、朝鮮人連行者には人権も自由も与えられていなかったのである。

さらに、朝鮮人連行者は家族との面会も許されず、現実から切断される状態に陥れられてしまう。面会にくる家族がいるにもかかわらず、日本の軍と警察は「『おまえのおやじはいない。息子はいない』と、ハネつけた」という金さんの証言からその蛮行の苛酷さが十分感じ取れる。彼らはその後汽車で釜山まで運ばれ、また船で日本に行かされたが、彼らの手から手錠が外されたのは汽車の中での一瞬だけで、まったく捕虜扱いだった。こうして、「日本へ着いたあと、多くの者はカラフトや九州の炭坑へやられ、金さんたちは花岡へ降ろされた」のである。

おそらくこのことを金さんから聞いていた当時の松田解子は、抑えきれない怒りに体を震わせていたのではないか。松田は記憶を辿りながら一九七二年に『おぼえがき』を書いているのだが、取材のときの感情を忘れることができなかったはずである。花岡鉱山で犠牲となった人々に対する謝罪の気持ちを込め、「当時の侵略的軍国主義政府こそ」、「他国人民の生命をうばい、あるいは、うばわせる行為へと直進した真の主人公であった」と述べる松田の心は、日本軍国主義への呪詛と日本侵略が侵した犯罪に対する憤怒でいっぱいであっただろう。それゆえ松田は、花岡に徴用された朝鮮人労働者の生活と労働環境がいかに辛いものであったかを、時には金さんの語り口を通じて、時には聞いた内容として生々しく証言している。

当時は「日支事変」の時で、花岡鉱山の中国の捕虜約千人に対する待遇は人間以下のものであったが、朝鮮人労働者の生活も酷いものであった。花岡の朝鮮人徴用者全ては、病気の状態でも軍隊のように朝六時と夜八時に点呼を受けなければならなかった。それに作業は鉱山の坑内での仕事で、賃金は「一九四三年一〇〇円～一〇三円」、「一九四四年一一〇円」、一九四五年には基本給と残業分を合わせ「一六〇円」しかもらわなかったという。だから、彼らがどれほど労働力を搾取されたか、説明するまでもない。

飯は秤にかけて配分し、味噌汁とタクアンがついていただけだった。当然、朝鮮人労働者は不十分な食事で非常に苦しめられたそうだ。彼らが米の量が減ることを気にして、水をどのくらい入れるかを監視し、「水を多くいれるな」と抗議したという事実は如実にそのことを物語る。日本人警戒（朝鮮人労働者や俘虜を管理する日本人職制）による朝鮮人労働者への差別や軽蔑の言葉も酷かった。「朝鮮人だからといって、あぶない切り羽にやるな、同じ人間じゃないか」と差別をゆるさずたたかったという記述や「朝鮮人であるがゆえに、何かが紛失し、何か不都合なことが起こると、『半島だろう』『半島ではないか』と、決めつけられ、疑われた」という文章に朝鮮人労働者の苦しみと辛さ、国を失くした人間としての深い悲しみとそれを嘆ずる恨めしさがありありと伝わってくるのである。

松田解子はそれを自分のことのように受け入れ、犠牲にされた朝鮮人労働者や、花岡に徴用された全ての朝鮮人に心から同情と愛情を持って、審判者の目で花岡で起こった歴史的真実を記している。「わたしはいまこの堂屋敷三番坑を鉱車とともに踊り跳ねながら通過した運搬員の面影にも、当時の朝鮮人労働者を偲んでいた」と書き込んでいるが、七ツ館で生き埋めにされて死んだ十一人の朝鮮人労働者への思いが、松田にとってどのようなものであったか、想像できるのだ。七ツ館跡においてある花を見て、「あの白いのは花ですよ。風で少しうごいているのは、いまでもあそこには年じゅう供養の花があがっている。……あの下にまだ、二十二人の骨、そのままあるから、……」と口を出した金さんに対して、松田は「返すべき言葉もなく深くうなずいた」と語った。その「深くうなずいた」姿から松田の真実の面貌をうかがうことができるのである。

三　花岡鉱山の中国人労働者

一方、中国人労働者の立場は朝鮮人労働者よりさらに劣悪な状況に置かれていた。ここに花岡事件の特徴があり、悲劇の原因があると思う。当時の日本にとって、朝鮮人と中国人は、同一の存在ではなかったに違いない。朝鮮人は、一九一〇年の朝鮮併合以後、名目上は日本人（日本国籍）であったからだ。これに対して、中国人はまったくの外国人（中華民国国籍）にほかならなかった。

たとえば、七ツ館で弟を喪った日本人労働者田畑さんは、「中国人俘虜」は、「とても日本人や朝鮮人の比でなかった。……」と証言している。松田解子自らもそのことを念頭におき、朝鮮人労働者と中国人労働者を区別し、「朝鮮人労働者の、このような「連行」の経験や花岡到着後うけた処遇が、この人びとの心を中国人俘虜の身の上へ走らせたことは当然であった。自分らより何倍も痩せさらばえ、何倍もすりきれたものを身にまとって入山したかれら」と描写したが、朝鮮人労働者と中国人捕虜の待遇の差がしみじみと感じられる。

要するに、朝鮮人労働者は、実態は強制連行であったとはいえ、制度上は、国家による官斡旋、または徴用、あるいは自由募集という口実の下に連れられてきたものである。これに対して、中国人捕虜の場合は、まったく性格が違う。当時は、一九三七年の盧溝橋事件以後、「日支事変」と称する戦争状態で、中国は日本にとっての敵国であったわけだ。だから中国人労働者は、まったく敵国の捕虜と考えられていたといえる。事実、強制連行された中国人労働者の中には、国民党軍の軍人や、中国共産党軍（八路軍）の兵士で、日本軍の捕虜となった人たちも多く含まれていたからである。朝鮮人労働者と中国人労働者とは、異なる存在として扱われ、住居や食事の内容、労働のあり方が区別されたのもその理由にほかならない。

そうした中国人捕虜らがどのように花岡まできたかは、冒頭で花岡鉱山に中国人捕虜が来ることになった背景と、花岡事件の真相を言及した松田の言説から明白に読み取れる。

花岡まで強制連行されてきた中国人捕虜らの生活は地獄そのものであっただろう。金さんは、「あの人たちは、冬も丸はだかに近いボロ一枚に、背中に雪よけの莚、足にはボロのワラを巻いて、凍った水に脛から股までひたして働かされたものです。しかも食べ物は、ぬかまじりの饅頭一つきり」と話していた。中国人捕虜らにとっては、生きること自体が苦痛だったのではないか。

しかしながら、なお中国人捕虜に堪えられなかったのは、同僚の死んでいく姿を目撃しているものの、助けることもできず、無力感に苦しめられるときだったのだろう。「その俘虜たちは、さらにこの地にあって連日の飢餓と棍棒、私刑のもとに、殺される目に会いながら、また事実、連日のように殺されてゆく仲間の姿をみせつけられながらやりぬいた」とあるが、松田解子は花岡事件を背景に書いた作品『地底の人々』でも、強制的に同僚にリンチを加えるよう日本人警戒に強いられる中国人捕虜の姿をまざまざと刻み込んだ。

それは捕虜を制圧するための日常茶飯事の行為であった。「羅士英、きさま、そこに腹ばってなに食ってるのか」と叫びながら棍棒を中国人捕虜隊長につきつける福多の強圧的暴挙は、いつでも作業現場では見出される光景であったに違いない。作品の中には「やい、聞いたか、おめえの隊長さんは、おめえなんか、かまいたくねえんだとよ。だれにたたかれたい？　張金亭がいいか」と同僚に棍棒を振るうことを強要する福多に責められる中国人捕虜の哀れな姿が浮き彫りになっている。作家松田は『地底の人々』を通じ、帝国主義の軍とその追従勢力による犯罪を徹底的に告発しているのみならず、侵略戦争の弊害が齎したすべての反人道的行為に鋭いメスを入れ、平和と人間解放の精神を喚起しているわけだ。大館署長、花岡署長、鹿島組補導員ら、花岡署の特高、鉱山庶務課長、鉱山長、警戒などによる、中国人捕虜への、言葉では形容できない虐待とリンチを生々しく描いた松田の心情を察することができる。

『おぼえがき』は、その犠牲者の惨劇が行なわれた場所を訪れた経験を松田が振り返りながら記したものであり、そこには作者の様々な感情と気持ちが篭っていると言ってよい。江崎淳は「掲載紙には、『花岡ものがたり』収録の版画八葉、日中不再戦友好碑前のつどいを描いた米沢秀夫氏の絵のほか、中国人の遺骨を納めた木箱、共楽館、蜂起後中国人が逃げ込んだ獅子ガ森などの写真十二葉や関連地図などが添えられている」[7]と書いている。つまり、それだけ生々しい実録の物語なのだ。

ところで松田の視線は、中国人捕虜を朝鮮人労働者が同情するところにも届いているので、感嘆せざるを得ない。そこから中国人捕虜の置かれている境遇はより確実に見えてくる。朝鮮人労

花岡事件当時の坑夫たちの模型（松田解子文学館に展示）

働者の中国人捕虜への接近は禁じられ、中国人捕虜に「物を落すところ」などを日本人警戒の目につけば棍棒で殴られるのに、朝鮮人労働者は日本人警戒に引率されていく道端や、働きの場で偶然中国人捕虜に出会うと、持っていた「イモやタバコの残りを、わざと俘虜たちの目につくように落として行った」からだ。

だが、注目したいのは、作者松田は、このことを朝鮮人労働者の中国人捕虜への単純な同情として見てはいないように思われる点である。つねに松田の念頭には、加害者日本と被害者朝鮮、国家権力や資本主義と、それに立ち向かう労働者階級という構図が根づいていたのではないか。思えば国境と地位を超越し、朝鮮人労働者と日本人労働者が連帯する場面が彼女の作品にはしばしば登場する。それは当然侵略戦争に反対し、侵略主体勢力の資本権力に対する労働者同士の連帯として受け取られ、そこに意味と価値を見出したいのだが、朝鮮人労働者が中国人捕虜に食べ物を落とす場面も本質は同様だろう。

つまり、松田は朝鮮人労働者と中国人捕虜が協力する姿を描くことによって、侵略主義日本の加害性を容赦なく攻撃すると同時に、労働者を虐待する階層に鉄槌を下しているといえよう。彼女も自ら「侵略戦争がかもし立てた人為の渦に、また人為の洞穴に、順次投げ込まれてきた朝鮮人労働者や中国人俘虜が、相乗させせられる形で同時的に舐めさせられた苦悩の終結点で、相共に知り得た敵とは、いかなるものであったか[8]」と表現している。考えることにとどまらず、書くことにおいても、松田の意識には侵略と平和、資本と労働という激しい対立のイメージが潜在していたに相違ない。

松田は、『地底の人々』で朝鮮人労働者が中国人捕虜と心を交わす場面を次のように語った。

> みまもる俘虜たちの顔にゆっくりと微笑がうかびはじめ、目がよろこびにかがやきはじめた。林も鄭も、――かたことの中国語ならあやつれるはずの鄭さえ、ただなつかしげに、そしてくるしげに、じぶんたちを見つめる顔のひとつひとつにほほえみかけた。その微笑と微笑とは、二つの国の、二つの民族の心を、ことば以上につよくかよわせた。

この場面は『おぼえがき』の中で、朝鮮人労働者が中国人捕虜に食べものを落とすのと一脈通じるところがあると考えられる。「微笑と微笑」、「二つの国の、二つの民族の心」という表現は、松田の平和共存を願う切実な念願、権力に対抗する労働者同士の連帯を切望する真心から生じたものであろう。ここに松田の真骨頂が見られるのはもちろん、彼女の、疎外された異民族労働者への暖かい心と帝国主義日本に対し厳しく叱責する意図がうかがえるのである。

結局辛い生活に耐えられなかった中国人捕虜らは集団蜂起を敢行し、鹿島組補導員と日本人警戒に共楽館[9]などに連行され、残酷な弾圧と暴力で殺害されたが、その場所に足を運んだ松田の気持ちは、犠牲者に対して反省し供養する心による切ないものであった。「いまにわたしたちは、花岡を訪ねるすべての人にみえる場所に慰霊碑を立てたい。その碑をみるひとがみな、心の底から、『花岡事件をくりかえすまい』『二度と侵略戦争は、させまい』と決心し、そこから本当の民主日本の建設にふるい立つような碑を、――』」(『おぼえがき』)と松田は記録している。実践作家としての松田の表現に心打たれるのは、真実がそのまま伝わってくるからである。

四　七ツ館事件と朝・日労働者の連帯

ところで、その花岡事件に至るまでの過程の中で一つ欠かせない出来事がある。朝鮮人労働者十一人と日本人労働者十一人が生き埋めにされた事件(七ツ館事件)だが、これが契機となって花岡事件は起こったのであり、その全貌を探るのは非常に重要であろう。松田は『おぼえがき』の冒頭に七ツ館坑について触れ、

七ツ館坑とは、この鉱山に中国人俘虜が強制連行される約二カ月前――一九四四年五月二十九日、戦時増産のための、あまりにも保安を無視した乱掘から、ついに坑道のま上(表土)

を流れていた花岡川の底をブチぬいてしまい、いっしゅんのまに川そのものが坑内に陥没し、そのとき坑内にいた日本人労働者十一名と朝鮮人労働者十一名を生き埋めにした鉱床であり、その坑内である。

と、報告している。これは七ツ館坑についての説明とその事件の背景を明白にした内容と考えてよい。

しかし、ここで見逃したくないのは、松田が非常に七ツ館事件に注目し、犠牲にされた朝鮮人労働者に対する哀切さと慰霊する気持ちを表している点である。もちろん「その七ツ館坑への花岡川の陥没こそが、花岡事件の、真の、具体的な土台であり、導因であった」だけに事件の背景を追求していく過程で、自分の感情を吐露せずに通れない心境であっただろう。が、国籍を問わず、鉱山労働者への懺悔と同情、そして限りない愛情を見せるところは、そこに作者の事件を見る根本的な視点が反映しており、十分評価されるべきではないか。しかも植民地時代の日本人と朝鮮人との関係においては、常に日本人＝加害者、朝鮮人＝被害者の立場が前提とされ、それが実録であれ文学作品であれ、読者に共感を呼び起こすうえで妨げになる虞を内包しているが、松田の視点はそれを打破し、労働者同士の連帯で帝国主義と悪辣な資本家に立ち向かうという形で描かれているので、感動を覚えざるを得ない。

果たして七ツ館事件に対する松田の思いはどのようなものであっただろうか。たとえば、一九五一年『新しい世界』に掲載した「花岡鉱山をたずねて」というレポートにも詳しく書かれているが、松田は朝鮮人と日本人労働者二十二人が生き埋めにされた七ツ館事件を自分の出来事のように受け入れ、直接ヘルメットを被って坑道に入った。(10)『おぼえがき』には、「わたしは七ツ館で、生き身のまま、――ある者はトロッコにつかまり、ある者はハンマに、ある者は、さく岩機につかまったまま息絶えた二十二人の『遺骨』の在りようも、同時に目にうかべずにはおれなかった」と記している。そのとき松田は、犠牲者の「泣き声が耳に」ついて犠牲者を供養したいという思いで堪らない心境であったのではないか。そして、「その日本人である自分が日本帝国主義者戦犯の非行を根本からほうむる仕事の上でどれだけ非力か」(「花岡鉱山をたずねて」)を悟らずにはいられなかっただろう。

その後松田は、花岡事件の究明作業に着手し、遺骨発掘・本国送還などの運動に身をもって参加し活動するだけではなく、小説、ルポ、報告などの文筆活動を通じても犠牲にされた朝鮮人労働者に対する供養と省察の心を刻み続けた。死ぬ二年前の二〇〇二年にも松田は、短編「ある坑道にて」に紛れもなく、七ツ館での朝鮮人犠牲者のことと、それを哀切に思う気持ちを書き入れている。したがって松田は、花岡事件に接してから朝鮮人犠牲者への哀悼の意を持って生涯を送ったといえよう。その短編に松田は、次のように書き残している。

手を突いて、その壁面をなでながらそれが分厚いコンクリートの壁であることをたしかめ

七ツ館の落盤（『花岡ものがたり』という版画集より）

つつ、リエは身をふるわせて泣いた。声無く。声無く泣くリエの耳に、地底からの声と物音が立ちのぼって来た。その声々は叫んでいた。

『おーい、おらたちはまだ、生きているだよ。まだ呼吸して、手にもったタガネとハンマ、石ころやら棒きれでレールたたいて合図しているに、なんで、そうして廃石やら岩やら土のうやら土やらあらいざらい落としてわざと殺すんだよ、おーい、おーい、……』

そういう声と、たたかれる鉱車や鉱車レールのカーン、カーンという音の主たち二十二人にリエは声無く詫び、そして語らずにいられなかった。

松田の心境がそのまま主人公リエに投影されているのは、言及するまでもなかろう。「身をふるわせて」泣くリエは、ほかならぬ松田解子だったはずである。松田鉱山労働者らの苦しい日常を見守りながら育った松田は、だれよりも花岡鉱山労働者の苦悩と煩悶、軍と雇用者側による労働者への搾取・酷使・虐待に自覚的であったと思う。母国を失くし、植民地生活だけでも苦しい状況なのに、異国に強制連行され、日本の侵略戦争のために労働現場で扱き使われていた朝鮮人労働者に何の罪があっただろうか。何のための犠牲だったのだろうか。

松田は、「会社は、まだ陥没した坑道の奥で、タガネかハンマーでレールをたたいて合図している者がいるというのに、坑内の閉塞作業命じた」と、その事件で弟を生き埋めにされた田畑さんから生々しい証言を聞いたこともある。作者はこういうことを意識してリエの心象を描いたのであり、胸が裂けるような思いでリエを泣かせていると言ってよかろう。母国の日本人と朝鮮人を区別せず、一人の人間として日本帝国の過誤を責める松田の面貌が垣間見られるのである。

ところが、ここでさらに注目したいのは、朝鮮人と日本人が一緒に生き埋めにされた事実である。労働現場で強制的に死に直面させられる朝鮮人・日本人二十二人の話には身に沁みるような思いがするのだが、時代と背景を超え、極限的状況に置かれている同僚を救い出すための共同闘争、そして連帯、団結、和合を追求する朝・日労働者の心温まる姿がそこに見出されるからだ。きっと作者はそれを強く意識し、『おぼえがき』を記しただけではなく、文学作品を通じて読者へのメッセージを送り続けていたと思われる。

思い出してみれば、松田は花岡事件に「日本と、朝鮮と、中国の労働者の、この縁（えにし）深い歴史」(11)を認めたことがある。だから、水路変更作業のため、中国人捕虜が登場するまでは朝・日労働者の共存の姿を念頭においていたはずである。松田はそのことをルポ『おぼえがき』では詳細に書き入れなかったが、『地底の人々』などの作品を通じて、朝・日労働者の連帯の姿を具体的に描いた。

朝鮮人の姜であった。（略）そこには日本人と朝鮮人のくべつがなく、男と女のくべつもなかった。そこには坑夫だけが、おなじ地獄ではたらく坑夫だけがいたのだった。

いよいよ病院に入って姜のからだがベッドにうつされ医者と看護婦が応急手当を終えたとき、そして医者が、「だいじょうぶ、もつ」といったとき、定吉は腹の底から「よかったなァ」とつぶやいて涙をこぼした。「定吉さん、――――みなさん、どうもありがとう、どうもありがとう、どうもありがとう」林と鄭が、朴が、定吉、甚一郎、橋本と手をとりあって、男泣きに泣いて礼をいった。（二章、三）

筆者はこの本文を引用し、「花岡川の陥没地域から朝鮮人労働者の姜が救出される場面だが、感動的である」、「この涙こそもっとも美しい連帯のイメージではないか[12]」と述べたことがある。「朝鮮人と日本人労働者男女の特別な連帯[13]」について触れることは次の機会に譲りたいが、「『死』の危険」を忘れて同僚を七ツ館坑から救出するため、落盤に襲われる不安を感じながらお互いに手伝う場面から、人間味溢れる共同体意識を覚えずにはいられない。朝鮮人労働者姜の救出に至るまでの過程は、国境と身分を乗り越えた人間の劇的なドラマ、時代と歴史を超越した朝・日労働者の結合と言っても過言ではなかろう。「男泣き」に泣くその涙が何を意味するのか、林、鄭、朴、姜と定吉、甚一郎、橋本は骨に徹するような思いでさんざん味わっているはずだ。

このように朝鮮人労働者を見る松田の視線は、決して日本人労働者を見るのと違わないものであったと言ってさしつかえない。その視線には、労働者を卑しめる対象への憤怒と、酷い虐待に苦痛の日々を送る労働者への同情が交差し、それを如何に克服するかを苦悩する作家としての使命感に燃える松田の面影がくっきり投影されているといえよう。松田は、こうして国籍を離れ共同で逆境を乗り越えるという役目を果たすものとして労働者の連帯を念頭におき、読者へのメッセージを書き残したかったのではないか。そういう観点から見て、「日本人と朝鮮人は、労働者であるかぎり、鉱夫であるかぎり、生き死にはおなじなのだ」ともらす定吉の言葉は非常に重要な意味を含んでいると考えられる。その意味が広がり、「日本人だって、朝鮮人だって、支那人だって、アメリカ人だって労働者であるかぎりは」と続く言葉に国際的連帯までを読者に喚起させる作家の意図が垣間見られるからだ。[14]

『地底の人々』は花岡事件をテーマにしたフィクションなので、どのくらい事実に基づいて書かれているかは分からない。しかし、おそらく七ツ館が陥没し、同僚を救出する朝・日労働者の姿は、引用文に描かれているようなものであっただろう。松田は『おぼえがき』に書き入れなかったことを作品に具体的に描写することによって、二度と日本帝国主義の侵略戦争を許すまいと決意するとともに、労働者の団結と犠牲者への追悼の心を表現したかったのではないか。一九五〇年に花岡事件の場所を探訪した記憶を想起し、あらためて『おぼえがき』を書いた事実も、そのような作者の意図を念頭におかずに考えることはできない。

松田解子は花岡鉱山をたずね、「日本の地上が帝国主義者戦犯の支配にゆだねられている以上」、「この列島は永遠に地獄だ」(「花岡鉱山をたずねて」[15])と警告した。国家権力に対するたたかいと平和を追求する人間解放の精神は、松田において彼女の生涯を貫いた絶対的価値であったと思う。したがって、そのような意識に常に目覚めていた作家松田の言葉は、平和を脅かす対象とたたかう全ての人に生き生きと蘇るに違いない。

五　おわりに

松田解子は戦時中の悲劇、花岡事件に接してからずっとその事件に関わり、現地調査をするなど、直接真相究明運動に取り組み続けながら人生を送った。言い換えれば、それは平和と民主主義を守るための必死のたたかいで、社会の不合理に対する抗議と正義の実践運動だったと思う。松田はそれを小説だけではなく、ルポ、報告、新聞記事など、多面的な文学活動を通じて徹底的に追求した。第一回多喜二・百合子賞、第八回田村俊子賞などを受賞し、文筆を通して名声を得た作者が晩年まで花岡事件を追跡し、その実相を全ての人に明かし続けたという事実は、それほど作家としての使命感に満ちていたことの証拠である。「労働者階級の立場に立った作家活動および社会変革の実践活動を最後まで貫いた作家」[16]という評価が出るのも当然のことだろう。

そのように見れば、花岡事件を松田の生涯から切り離して考えることはできない。[17]作者松田は、七ツ館事件で犠牲にされた朝鮮人と日本人二十二名をはじめ、多くの中国人犠牲者、そして花岡事件で世を去った全ての労働者に対して、日本国民を代表し慰撫する気持ちで生涯を送ったのではないか。『おぼえがき』は事件発生五年後、その実践に足を踏み込んだ生々しい実録なのである。

注

（1）松田解子『花岡事件おぼえがき』（『松田解子自選集第六巻　地底の人々』澤田出版、二〇〇四年五月）
（2）江崎淳「解題・解説」（『松田解子自選集第六巻　地底の人々』澤田出版、二〇〇四年五月）や高橋秀晴「事件の諸相を立体的に提示―「松田解子自選集」刊行によせて」（『秋田さきがけ』、二〇〇四年六月二十二日の記事）を参照していただきたい。
（3）野添憲治「秋田・花岡鉱山　生き埋めの朝鮮人救わず見殺し」（『朝鮮新報』、二〇〇七年七月九日の記事）
（4）金仁徳『我々は朝鮮人ではない』（西海文集、二〇〇四年）二三～二四頁参照。
（5）樋口雄一『日本の朝鮮・韓国人』（同成社、二〇〇二）の統計によると、一九三〇年に二十九万八千九十一人、一九三五年に六十二万五千六百七十八人、一九三九年に九十六万千五百九十一人、一九四〇年に百十九万四百四十四人、一九四五年に百十一万五千五百九十四人のような増加を見せている（一九一〇年〜二〇〇〇年の在日朝鮮人の人口統計表によるもの）。

（6）江崎淳「解題・解説」（『松田解子自選集第六巻　地底の人々』澤田出版、二〇〇四年五月）三三二頁参照。

（7）同注（6）三二九頁。

（8）松田解子「民族・戦争・歴史」（『文学新聞』、一九七二年九月十五日付）

（9）映画・演劇などの上演場所だった花岡鉱山の娯楽施設。

（10）松田が花岡鉱山に入るまでの経緯は、松田解子「花岡と私」（『花岡事件四〇周年記念集会の記録』、一九八五年六月）などに詳しい。

（11）松田解子「花岡　その後」（『日中友好新聞』、一九七二年十一月三十日付）

（12）金正勲「韓国でも蘇る小林多喜二」（『日本インターネット新聞JANJAN』、二〇〇八年二月十七日付。http://www.news.janjan.jp/culture/0802/0802160911/1.php）

（13）同注（12）。ここでは林とタツ子との恋愛関係を指す。

（14）作者は、中村新太郎編集『ドキュメント昭和五十年史（第四巻）』（汐文社、一九七五年二月）において、「労働者階級というものの、運命の、国境をこえた共通性」という言葉を用いている。

（15）『松田解子自選集第六巻　地底の人々』（澤田出版、二〇〇四年五月）

（16）澤田章子「貧と苦悩に生きる労働者の妻」（『講座　プロレタリア文学』光陽出版社、二〇一〇年二月）一一六頁。

（17）一九九七年八月、松田はまた花岡鉱山を訪れたが、そのときの心境を同年十一月五日付の『日中友好新聞』に「『花岡事件』の地の旅から」という題で述べている。晩年にも新たな覚悟を誓う松田は、花岡事件とともに生涯を送ったといえるだろう。

※　本文引用は『松田解子自選集第六巻　地底の人々』（澤田出版、二〇〇四年五月）によるものである。本論を作成するにあたっては、民族芸術研究所の茶谷十六前所長から資料を提供していただき、花岡事件当時の朝鮮人と中国人の位相についても御助言を受けた。そして花岡事件の中国人連行をめぐって、花岡川水路工事が目的だったかについての論議があり、江崎淳氏は、「解題・解説」（『松田解子自選集第六巻　地底の人々』澤田出版、二〇〇四）三四二頁に注を付け、次のように論じているので、参考していただきたい。

花岡事件への中国人強制連行は、三次とも花岡川水路変更工事を目的とするという従来の説に対して、奥山昭五氏は「花岡鉱山への中国人連行の動因」（季刊『中国』一九九九年夏季号所収）で、第一次連行は銅増産のための労働力として、七ツ館事件の起こる前の一九四四年四月二十八日に、華北労工協会との間に三〇〇名の移入が「契約」されている旨報告し、正している。

付記　『地底の人々』の舞台を訪ねる（一）

『松田解子自選集第六巻　地底の人々』―「花岡事件おぼえがき」―（澤田出版、二〇〇四年五月）には花岡事件について次のように書いてある。

九八六名の中国人俘虜が、秋田県の一鉱山花岡へ軍と鹿島組の手で強制連行され、戦時増産のための水路変更工事やダム工事に投入され、日本の敗戦までの、わずか一年余のあいだに、その四二・六％の四二〇名の生命を餓死、酷使死、私刑、さらには俘虜の集団決起後のより大規模な弾圧と暴力のなかで生命をうしなったむざんな事件

驚かざるをえないことだが、花岡事件について知っている韓国人はごく少ない。それを我々は単純に中国人問題と関わる事件として認識しているからだろうか。それともどうしても日本人＝支配者、披支配者＝朝鮮人という単純な見方から植民地主義を解釈するような歴史認識に拘っているからだろうか。

私も所属している大学の日本文化研究所を通じ、民族芸術研究所（茶谷十六）と交流する前に

は松田解子と花岡事件について無知であったことをここに告白する。私は伊豆利彦『戦争と文学―いま、小林多喜二を読む』の韓国語訳を出版し、その縁で光州を訪れた茶谷氏に出会ったが、彼から花岡事件について生々しい証言を聞き、戦慄せずにはいられなかった。花岡事件は中国人犠牲者の問題であるものの、そこには非常に重要でまだ未解決な朝鮮人の問題が隠されていたからである。

実は花岡事件の発端が、「中国人俘虜が強制連行される約一カ月前―一九四四年五月二十九日、戦時増産のための、あまりにも保安を無視した乱掘から、ついに坑道のま上(表土)を流れていた花岡川の底をブチぬいてしまい、いっしゅんのまに川そのものが坑内に陥没し、そのとき坑内にいた日本人労働者十一名と朝鮮人労働者十一名を生き埋めにした」(『地底の人々』)こと(七ツ館事件)から起こったという事実を知っている韓国人は犠牲者の遺族や関係者以外にあまりいない。このことがまったく韓国に伝えられていない現実に私は強い疑問を抱かざるを得なかった。

一体花岡事件の「生みの親」と言われる七ツ館事件とは何か。そして松田解子はどのような作家なのか。何のために生涯を不屈の意志でその事件とたたかい続けたのか。韓国では多くの日本作家が論じられているが、松田についてはまったく論じられていない。朝鮮人と中国人労働者の問題などまだ明らかになっていない花岡事件とその背景、そして松田解子という作家が韓国の視点からは点検されていないのだ。こうした経緯に触発され、『地底の人々』の韓国語翻訳と松田解子研究に取り組んでいる事実をここに記す。

松田解子はどうして生涯を朝鮮人と中国人労働者の問題に取り組み、どうしてそれほど戦争犯罪を犯した日本帝国主義を憎んだのだろうか。鉱山の娘として生まれた松田は花岡鉱山に強制連行され犠牲になった朝鮮人徴用夫や中国人俘虜に対して申し訳ない気持を持って一生を懺悔するような心境で送ったと見てよい。松田の生の座標が自分が生まれ育った地元で絶命した朝鮮人や中国人の歴史と真実を究明するところに置かれていたのはその理由にほかならない。

このような思いを抱いていたところ、「韓国で松田解子『地底の人々』を読む」という題で「七ツ館事件六十五周年殉難者追悼会・シンポジウム」(二〇〇九・五・二十九)での報告を依頼され、秋田県大館市を訪れたのは私にとって非常に有益な経験であった。小林多喜二や松田解子を生んだ反骨の地を歩いてみるのは、五・一八民主化聖地で育った私にとって格別の思いがある。そういえば、ちょうど七ツ館事件で死んだ朝鮮人犠牲者の霊を慰める趣旨に人権と平和の都市光州(私の地元)の市立美術館では「花岡ものがたり展」が開かれていたことを思い出す。時代の真実を追求しようとする光州市と大館市との新たな連帯や交流の歴史はすでに始まっているのではないか。

第四章　松田解子『地底の人々』論

――不適切な関係に見出されるもの――

一　はじめに

松田解子没後八年、これまで日本でその人間と作品についてはときどき論じられてきたが、それほど知られていないのが現状であろう。松田解子は平和と民主主義運動の代表的女流作家と呼ばれるべきだとわたしは思う。それほど重要な作家だが、残念ながら日本人の一般読者にはその名は十分に知られていない。

ところで、その名を聞いた人たちは、松田解子をどう思っているだろうか。おそらく、花岡事件に真剣に取り組んだ作家として理解しているだろう。私の松田解子における関心もその花岡事件を調べることから始まった。花岡事件（戦争末期、日本の労働力不足解消のため中国から秋田県花岡地域に強制連行された四一九～四二〇人が、労働現場での酷使と虐待に耐えず蜂起、殺された事件）は中国人虐殺の問題が話題になっているが、何より朝鮮人の問題についてはそれほど関心の目が注がれていないからである。こうした経緯で、わたしは松田解子研究に打ち込むようになった。

二　プロレタリア作家としての誕生

松田解子の本名は大沼ハナ。「解子」は一九二六年に地元の小学校教師をやめ、上京してから付けたペンネームである。せっかく就職しても、いつも解雇されるのでそれにしたという。「解子（ときこ）」の「解」は「解雇」の「解」なのであった。一九〇五年秋田県荒川村に生まれたが、当時は日露戦争に勝利した日本が大陸侵略にむけてその牙を研ぎ始めた時機だった。国家主義が台頭していた。労働現場では資本家が農民や労働者の労働力を搾取するのは日常茶飯事であった。秋田県もその例外ではなかった。労働者らの生活がどんなに苦しかったか、説明するまでもない。

小学校卒業後、松田解子は看護学校にすすみたかった。しかし、鉱山事務所の強要で給仕として勤めると同時にタイピストとして働き始めた。荒川鉱山（三井鉱山経営）で鉱山労働者の哀れな生活と肉体的苦痛を見守りながら育った松田は、プロレタリア階級の生の悲惨さをだれよりも切実に味わったはずである。その鉱山事務所でタイピストをしながら文学に対する情熱と夢を燃やしていた松田の心底に、やがて抵抗と闘争意識が芽生えてきた。

上京した時の松田解子
（1926 年、21 歳）。左は兄の万寿

人間でありながらなぜあのような酷烈な生を強いられなければならないのだろう。文学と社会運動への執念、そして社会の矛盾に対する松田の苦悩は益々深化し、彼女を本格的な活動の場に導いたといえよう。松田は一九二六年、ついに職を辞めて上京し、自ら労働運動に参加することになる。

労働運動家大沼渉との結婚は、夫を生涯の同志として迎える革命戦士松田の激しい闘争精神がうかがえる出来事であった。しかし、彼女は、戦争反対勢力と国家主義に激烈に抵抗し続ける勢力を抹殺しようとした暴圧政府の共産党への大弾圧で一九二八年、大沼渉とともに逮捕される。

一九二八年は日本帝国主義が残忍極まる暴力で社会主義運動を弾圧した年であった。小林多喜二の『一九二八年三月十五日』には、当時の社会主義者や労働農民党の党員らが家族の前で特別高等警察にどれほど悲惨に連行されて行くか、その姿が生々しく描かれているが、松田と夫大沼渉もその被害者であった。

しかし、松田の作家としての出発点もその一九二八年だった。その年松田は『読売新聞』の短

編集募集に応じ、「産む」という作品で新人賞に入選したのである。

従って作家としての松田のたたかいは、日本帝国主義が二月の普通選挙後、国家主義と戦争に反対する運動を封鎖するため、もっとも悪辣な行為を行なう雰囲気の中で始まっているといえよう。そこにプロレタリア作家松田解子の誕生の意味があり、まさにその意味は大きいと思う。

同年日本プロレタリア作家同盟にも入り、『戦旗』に「坑内の娘」という詩を発表するなど、本格的な活動をし始めた事実を想起すると、新人女流作家松田の運命はその暗鬱な時代の上に足を踏み入れるものであったに違いない。それだけに意識底辺から噴出するプロレタリア作家としてのエネルギーもひときわ熱かっただろう。

それを証明でもして見せるかのように、一九二九年『女人芸術』に「乳を売る」を発表するだけではなく、同誌の応募「全女性進出行進曲」にも入選する。さらにそれが山田耕筰作曲でレコードにも吹きこまれるが、「風呂場事件」を発表したのもこの年であった。当時、小説はもちろん、詩・随筆・評論など幅広い分野で執筆を行い、彼女の文学的情熱は言葉の形式と領域を超え、作家としての使命感に燃えていたわけだ。

新日本文学会に入り、本格的に民主主義文学運動を展開したのは戦後である。一方では社会参与の姿を見せながら松川事件に関わり、他方では文筆活動でその裁判の不正さを訴えながら『真実は壁を透して』という被告の手記も刊行している。花岡事件と中国人労働者や朝鮮人労働者の問題にも目を向け、『地底の人々』「遺骨を送って」「骨」などの作品とルポで事件の真相究明に励み、権力が労働者を弾圧する現実を鋭く告発したのも評価するべき活動である。

後には母親の人生を素材にした『おりん口伝』で第八回田村俊子賞、第一回多喜二・百合子賞を受賞し、引き続いて母から娘へと受け継がれる労働者の行き方や、家族に影響を受け、社会変革の精神に目覚めていく主人公の姿を描く『おりん母子伝』『桃割れのタイピスト』を書き残した。

このようにエネルギー溢れる生を貫いた松田にとって、生涯を通じて目をつぶって通れない社会的関心事は、ほかならぬその花岡事件。松田は花岡事件の真相究明と再発防止のために、作品創作に専念したのはいうまでもなく、ありとあらゆる努力を払い続けた。『地底の人々』のような作品が書かれたのはその裏づけである。

『地底の人々』は戦争末期、日本帝国主義とその追従勢力によって中国から日本の秋田県花岡地方に強制連行された多くの中国人俘虜が、日本帝国の戦争物資生産のための労働を強いられ、結局飢餓と虐待にたえず蜂起するが、全員逮捕され虐殺されてしまう花岡事件を、作家松田が徹底的な取材に基いて作品化した小説である。事件の発端となる、朝鮮人徴用者と日本人労働者が生き埋めにされる七ツ館事件の背景、多数の中国人俘虜が花岡鉱山に投入される過程、彼らの蜂起と処刑に至るまでのストーリーが生々しく描かれるのである。戦時動員され花岡鉱山で差別を味わいながら働く朝鮮人徴用者の哀歓や祖国を懐かしむ彼らの心境もよく描かれているといえよう。

話は、林や鄭という朝鮮人徴用者と、定吉や甚一郎のような日本人労働者が心を合わせ、花岡川の下に位置した七ツ館坑の陥没で坑内に閉ざされた朝鮮人同僚姜を救出するところを軸に展開される。ところが、その七ツ館事件は花岡川の水路変更工事のため多くの中国人俘虜を地元に呼び寄せる結果を招く。軍と鹿島組の警戒（労働者の一挙一動を見守る監視者）たちは中国人俘虜にろくに飲食をあたえず、ひらずら増産のために暴力を行使し労働を強要し、ついに悲劇を招く。

中国人俘虜たちはそれに我慢できず蜂起し殺害されるわけだが、韓国の視点からみれば、韓日労働者が連帯し、日本帝国主義の下手人たちにつぶてを投げる場面、朝鮮人徴用者林たちが中国人俘虜に近づき食べ物を渡しながら心を交わす場面、朝鮮人林ととく子との国境と身分を越えた愛の場面に至るまで注目に値するところがあちこちに見られる。このような作品が今まで韓国に紹介されていないのが不思議に思われるぐらいである。

まず『地底の人々』の世界を深く理解するために、松田と花岡事件の関係を探るところから論を始めたい。

三　花岡事件への作者の思い

松田解子にとって花岡事件はどのようなものであったのか。第二次世界大戦末期、日本帝国主義の強圧的強制連行によって、多くの中国人が日本の鉱山や労働現場で飢餓と重労働、あるいはその外の理由で死んでいった事件を松田はどう思っただろうか。その花岡事件は終戦後の一九四〇年代末から新聞や雑誌などを通じて知られることになったが、それに接した松田の姿勢は真剣なものであった。

松田は「花岡鉱山の惨劇―中国人強制連行の記録―」[1]で花岡事件を知った時期を「一九四八年か四九年のこと」と述べている。そして次のように語った。

それはわたし自身、おなじ秋田県の鉱山出身者であったせいかもしれないが、ともあれ前記の新聞で、戦中、日本に強制連行され、花岡鉱山に投入された中国人俘虜が敗戦直前に暴動をおこして数百人の者が虐殺され、その骨はいまも花岡の地に放置されていると知ったとき、これからではおそすぎるうらみはあるにしろ、これを徹底的に追求する義務をかんじるとともに、そこではきっとそれ以前に、日本人や朝鮮人労働者も戦時下ゆえの労働強化で犠牲になっているのではあるまいか、鉱山地帯では平和時でさえ怪我や死人が絶えないのだからと、つよくそのことを思わせられたのである[2]。

何より松田には、自分の環境と背景を共有する対象に対する愛情が深く、そこから彼女の同情心も発動していると見てよかろう。なぜ鉱山労働者はあのような貧困と苦労に堪えなければならないのか。一体何のための労働であるのか。松田の疑問は、成長過程の中で鉱山娘として注視してきた日常生活に対する懐疑心であると同時に、加害者側が被害者側を抑圧し、虐待することに対しての抵抗であるともいえる。

しかし、それが国家に対する限りない批判と、弱者に対する配慮につながるので、注目に値するものがあると思う。『地底の人々』にも詳細に描かれているのだが、実際戦争に執着した日本軍国主義は軍需産業のため、膨大な労働力を必要とし、中国人俘虜を花岡鉱山まで強制連行したのであり、日本軍と悪辣な資本階級により彼らは人権と自由を奪い取られ、ありとあらゆる暴力とリンチの犠牲にされていった。松田が花岡事件を「徹底的に追求する義務をかんじる」という根拠もここにある。

その事件を「徹底的に追求する」という松田の義務感は、文筆活動と直接調査を通じて具体的に表現されている。『地底の人々』をはじめ、ルポ『花岡事件おぼえがき』と「遺骨を送って」、そしてレポート「花岡鉱山をたずねて」などには花岡事件の真相が究明され、その事件の背景と日本帝国主義の蛮行も赤裸々に告発されているのだ。

秋田県協和町荒川鉱山出身の娘が、同じく秋田県花岡町（現大館市）花岡鉱山で起きた人間虐待と労働者蜂起の事件を生々しく描くこと、それは日本社会の独善と不正に立ち向かい正義と平和を実現しようとする、必死の努力であった。ルポやレポートに松田の現地探訪の記録がそのまま掲載され、小説とはいえ、『地底の人々』に事件の発端や背景、そして中国人労働者が立ち上がり、結局鹿島組と特高に捕まって虐殺されるまでの過程がリアルに描かれているのはその努力の証であろう。

松田が初めて花岡調査に直接現地を訪れたのは一九五〇年の秋。全鉱連第十四回臨時大会傍聴以来のことであった。そのときの記憶を松田は、「私がはじめて花岡へ来たのは一九五〇年の九月の初め頃です。なぜ私の胸にそのことが、グサッとささったのか。それは私が秋田県の荒川鉱山生れで、それは三菱の鉱山でしたが子供時分から鉱山では、鉱夫がどんなにひどい目に会っているかを見たり聞いたりしていたからです(3)」と記している。

自らヘルメットを被り、坑内に入る松田の心境がどのようなものであったか、十分納得できる。自分の体験と過去の記憶がありありと目の前に蘇ったのではないだろうか。鉱山事務所でタイピストをしながら労働者の肉体的苦痛と悲惨な生活を目撃してきた松田にとって、坑内に入ることは自分の過去に戻ることであったからだろう。

ところで心打たれるのは、事件を細かく検証する松田の真剣な態度である。実は松田は花岡鉱山を訪れる前、全国金属鉱山労働組合の大会に参加し、花岡からの代表二人に聞いて、事件の全貌を確認している。松田は、「中国人俘虜の問題が起こる前に、日本人や朝鮮人労働者には、何も事件が起こりませんでしたか。労働強化で事故が起きて人が怪我するとか死ぬとかという事故は(4)」と質問し、「やっぱり起きたす。あのひとがた（中国人俘虜）が、花岡さ来る二た月ばかり前に、七ツ館という坑内で、日本人が十一人と朝鮮人が十一人ころされたす(5)」という返事を聞くのである。

松田は花岡事件に接し、中国人俘虜だけではなく、日本人労働者や朝鮮人労働者が犠牲になった可能性を予想していたが、その予想は的中したわけである。松田はその代表二人を自分の家まで連れていき、彼らに七ツ館事件が起こるまでの経緯と背景を徹底的に聞きただした。花岡事件について書いて世に知らせ、また直接花岡鉱山を訪れたいと思うようになったのも、二人の話を聞き、刺激を受けたからにほかならない。

それゆえ当然、坑内に入った松田の心はその二十二人に対する思いで一杯であったはずだ。松田は、「わたしは数秒、壁すれすれに立ちどまって、見えない暗黒のかなたによこたわる二十二人の白骨をかいま見、その人びとが血みどろの手に鉱石のカケラや折れ抗木の切れはし、あるいはタガネや掻叉をにぎってレールをたたき、助けをよぶ声をきく思いであった[6]」と口述している。

松田にとって、花岡事件を究明することは、日本帝国主義の、中国人俘虜に対する虐待と、飢餓に堪えなく蜂起した中国人俘虜を殺戮したその加害性を容赦なく非難するのみならず、二十二人の朝鮮人と日本人が犠牲となった七ツ館事件を告発することでもあった。

本章では、松田がこの花岡事件の背景と過程を究明しそれを形象化した作品『地底の人々』を取り上げ、朝鮮人犠牲者の問題を抱えている七ツ館事件について再考してみるのはもちろん、そこに登場する朝鮮人労働者、そして林ととく子との関係を探ることによって、国籍と性別を問わず権力に抵抗しながら共存を求める朝・日労働者の姿を描いた作家の追求するものは何であったかを解明したい。

四　蘇る七ツ館事件の意味

松田は作品の冒頭に七ツ館事件の背景を具体的に描いている。

危険の予感さえ、――生命にかかわる危険の予感さえ、とくに『大東亜戦争』に入って以後の花岡坑夫は口にだすのを避けていた。坑夫にとっては坑内が戦場だ。そのつもりでやってくれ。これが職頭や坑内保安係をはじめとして、技手、課長までの朝夕の訓諭の中味だった。その訓諭が呑みこめないで、あっちがあぶないの、ここがどうしたのと、てまひまかかることをいい立てるものは『非国民』なのだ。だから――坑夫たちとしては何もいうことはなかった。七ツ館鉱床の一番坑から八番坑まで、それがもう掘りに掘られて、柱（ひとつの鉱床を致命的な崩壊からまもるために、ぜったい掘りのこしておかなければならない鉱床自体の維持柱）さえものこされていない。（一章、二）

安全や保安という言葉は「坑内」を「戦場」と思う帝国主義勢力によって完全に無視され、ひたすら「増産」という二文字のみが叫び続けられていた。だから坑道の陥没は予想されるものだった。いわば、それは起こるべくして起こった惨事だったのである。

だが、ここで見逃したくないのは、「七ツ館陥没」のことで朝・日労働者の、激烈で意味深い連帯の姿が見出される点である。七ツ館坑が陥没し、シャベルやカッチャで朝鮮人労働者と日本人労働者は協力し同僚の姜を救出するのだが、いわば、彼らは無謀な乱掘を命令した日本帝国、そして軍と鹿島組に抵抗する心で、お互いに手を携え連帯しているのだ。死さえ覚悟して。作者はその様子を「横田定吉と甚一郎、橋本と鄭と林、――五人はタガネをシャベルにかえ、最初のひとすくいを鉱車になげあげた。――また落盤が襲えば？――かれらはじぶんらの『死』の危険をわすれていた」（一章、十）と描いている。

ところで、松田の筆致は朝鮮人と日本人労働者との共感を引き出すのにとどまっていない。次のような文章から松田のスケールの大きさを見出すことができる。

> 日本人と朝鮮人は、労働者であるかぎり、鉱夫であるかぎり、生き死にはおなじなのだ。（略）日本人だって、朝鮮人だって、支那人だって、アメリカ人だって労働者であるかぎりは資本家にしぼられ、兵隊にされたかぎりは、いやでも、おうでも、たまよけにされるだけなんだ。（三章、九）

ここに階級と身分、時代と空間を超越し労働者を見る公平な視線が照らし出されているといえよう。作者松田は花岡事件に「日本と、朝鮮と、中国の労働者の、この縁（えにし）深い歴史[7]」を見ていた。それは一歩進んで、労働者の国際連帯までを意識するものであった。松田の視野の広さに改めて感嘆せずにはいられない。

　しかし、不幸にもその七ツ館事件は中国人俘虜を花岡鉱山に呼び寄せる切っかけとなる。松田はその内実を「最初の俘虜工人二九六名が、日本政府のあっせんで、華北労工協会の手から、この鉱山のダムや水路工事をうけとった鹿島組へひきわたされたのが一九四四年七月。その約二ヵ月前の五月二九日に、七ツ館鉱床が、乱掘のはての花岡川の浸水で陥没し、一挙に日本人一一名と朝鮮人一一名を落盤でほうむったのだった[8]」と証言している。

　だから、どうしてそれほど松田が朝鮮人労働者の苦しみと哀歓に心から深い理解を示したか、想像に難くない。松田が「七ツ館の犠牲者二二人の骨はけっきょくどうなったのか、またその犠牲を、ふたたび花岡と日本のすべての鉱山でくりかえさせないためには、何がなされなければならないのか[9]」という問題に悩み続けたのも、その理由にほかならない。

　そういう悩みを抱いて生きていたので、当然、松田は隣国労働者に篤い思いを込めていた。松田の随想「花岡事件とわたし」には「花岡鉱山には、いまなお殺された俘虜たちの白骨が山野に散らばったままになっていると知ったときは、自分も秋田の鉱山に生まれているだけに身を切られるような衝撃でした[10]」と語られている。回顧する松田の気持ちには朝鮮人や中国人の犠牲者に対して慰撫する切実な感情がこもっているわけだ。

　このように考えていくと、日本帝国の犯した戦争で隣国の人々が地底に引きずられ死んで行った歴史的事件、それが松田にいかに大きなショックを与えたか、想像できよう。事件発生五年後

追悼式の場面（韓国式で七ツ館事件の犠牲者に礼をつくす日本の代表、2009 年 5 月 29 日）

の一九五〇年、そして一九六一年と一九七二年、花岡調査に取りかかってから現場を訪れ続けたのはその事件の真相を暴露し、歴史的真実を伝えようとする執念があったからに相違ない。

　こうした惨劇だったので、かつて花岡事件については真相究明作業が進められ、中国人研究者らによって色々研究もされてきた。しかし、そのモチーフとなった七ツ館事件については遺族や関係者以外にはあまり知られていない。ようやく二〇〇九年五月二十九日、大館市花岡町信正寺で初めて韓日共同で公式に「七ツ館事件六十五周年追悼式」が行われ、当日「花岡鉱山と朝鮮人強制連行」というタイトルでシンポジウムも開かれた[11]。

　七ツ館事件は韓日の未来と共生のためにも徹底的に究明される必要があるだろう。単にこのような意味にとどまらず、その事件は私たちに重要なことを示唆すると思われる。つまり「植民地時代の日本人と朝鮮人との関係においては、常に日本人＝加害者、朝鮮人＝被害者の立場が前提[12]」であったが、七ツ館事件ではそれが打破され、対等な資格を持った人間同士が対等な関係を堅持しながら何より人間性の回復を目ざしていくという、まったく階層や差別のない同じ人間の世界とヒューマニズムの精神が強調されている。それこそ時代と空間を越え通用するもっとも重要な価値で、松田は早くも歴史の事実を明かそうとする視線でその価値をも執念を持って執拗に追求していたのである。

七ツ館事件は極端な状況に置かれ共存を求める韓日貧民層がいかに和合し、共生の道に向かっていかに交流し、不義に屈服しないために凄絶をきわめた戦いにどう臨むべきかを指し示す実例であった。こうした信念の下で七ツ館事件の意味とその真実を書き入れようとしたので、松田の脳裏にはつねに朝鮮人労働者の鮮明な影が根づいていたことだろう。

五　悟谷面《オコクミョン》から来た朝鮮人労働者

それでは松田解子は、朝鮮人労働者をどう描いているかという問題に着目してみよう。重要な役割を果たす朝鮮人労働者林は、全羅南道谷城郡悟谷面[13]出身として紹介されている。あの七ツ館事件の唯一の生存者姜も、悟谷面から花岡鉱山まで引きずられてきた労働者であった。

これは偶然の出来事であっただろうか。松田は、姜が七ツ館の暗闇の中で生死をさ迷ったその悪夢から到底逃れられず、花岡鉱山を離れ故郷に戻る姜の心境を描きながら彼の家族や悟谷面の風景を、次のように描写している。

悟谷面には姜の両親がいた。姜の兄たちは、『満州国』で開拓民になっていたが、両親は日本でいう五反百姓だった。つくった米の半分以上は地主がもって行き、そのうえに『供出』でさらわれた。供出の督促には、日本人の面役人が、けしかければ百姓のひとり二人はかみ殺しかねないシェパードを先に立ててやってきた。春にはシャンキ（水あげどきの松の幹の内皮）を、夏はヨモギを、秋は葛のつるをたきこんで飢えをのがれた。面の百姓は戸ごとに、のみ水のための井戸さえもたなかった。……が、その悟谷面へ姜は帰ってゆくのだ。同じ悟谷面のおなじような百姓家から徴用されてきた林に見おくられて。——帰ってゆくものと残るもの。（三章、二）

この場面を描くときの松田は、目をつぶって悟谷面の風景を想像していたのだろうか。そして、朝鮮人労働者の心底まで貫くほど異国の惨めな労働者に同情と理解を示していた松田には、朝鮮人の辛い心と貧しい生活を十分描き出せるほどの情報に富んでいたのだろうか。リアルな表現は、朝鮮人労働者の生々しい証言を何回も耳にしたはずの作者個人の体験を抜きにしては考えられないものであるに相違ない。

谷城郡《コクソングン》は全羅南道《チョルラナムド》の東北部に位置しており、全羅北道《チョルラブクト》の南原市《ナムウォンシ》と淳昌郡《スンチャングン》に隣接している。昔から全地域に峻峰が起伏しているところで、花岡鉱山の風景とはややその趣が違うかもしれないが、平和を大事に思い、一生懸命に働きながら暮らすことにささやかな幸せを味わうような素朴な生活を営む地域である。

しかし、日本帝国主義は平和な朝鮮南部のその悟谷面の住民に「供出」を強要しただけではなく、林や姜のような青年を花岡鉱山に強制連行し、さんざん労働力を搾取したのである。朝鮮人労働者の苦しみと哀切さ、そして朝鮮人労働者林と姜の運命的別れを描く松田の内面はまさに朝鮮人労働者とまったく一心同体の状態になっていたのではないか。朝鮮人労働者の心を何一つ見逃すことなく覗き込む松田の鋭い筆致に驚嘆せずにいられないのは、時空を離れた、また国境を超越したその強烈なリアリティーによるものだろう。松田は朝鮮人の視点を通じて、次のように描いている。

列車の中と列車のそとで、三人は、母国のことばで短く別れのあいさつをかわした。そしてつよく握手した。このときばかりは、姜のあおじろい顔にいきいきと血の気がさした。それから姜は、二人に横田定吉への伝言をたのんだ。あのとき、あの洞穴にだれより先にとびこんで、自分をかかえあげてくれたあの支柱夫、あの日本人坑夫――姜は、その男が横田定吉という男だということも、林や鄭に教えられて、はじめて心にきざみこんだのである。――に、礼のことばひとついえずに出発って行くじぶんを、くれぐれも二人からわびてくれるように。――そしてたったひとりの孫娘をなくしたオスエばあさんに、働きざかりの夫をなくしたシズに、世話してくれたみんなに、心残りなく礼をいいたいのだが、ことばが不自由でいえないじぶんをわびてくれるように、くりかえし二人にたのんだ。

「みんなありがとう、みんなありがとう」

姜が最後にはっきりいえたことばは、それだけであった。……（三章、二）

林や鄭、そして姜にとって、日本は祖国の主権を強制的に奪い取った醜悪な権力者である。林はその権力者を「ただ感情的に「憎いッ」と思いつづけていた日本の支配者――それは日本帝国主義、――日帝と呼ばれるものであり、その『日帝』への報復こそ、自分ら朝鮮人労働者の任務だということを、林は、鄭に教えられてはじめてつかんだ」（三章、二）というが、それだけに膺懲（ようちょう）するため対抗するべき対象であったのだ。しかし、作者の眼は、加害者日本対被害者朝鮮という構図、そして朝鮮人労働者が日本帝国主義を憎みそれに立ち向かおうとするという単純な解釈にとどまっていない。

そこにはいわば国家とイデオロギーを乗り越えた人間的な絆、人間を動物のように酷使する無慈悲な権力に対抗する貧民層の血と涙、極端な状況で隣国の労働者を助け上げ、お互いに抱き合う感動と激情の姿が見出される。姜は横田定吉に救出されてから現実にうまく適応できず悟谷面に帰郷するしかないのだが、横田をはじめオスエばあさん、シズ、日本人坑夫のみんなに心から礼を言いたかったのだ。

祖国の自由と権利を強奪され、花岡鉱山まで連れられ、しかも日本帝国主義に酷使された過去の時間を思い出すと、日本への憎しみがどのようなものであったか、説明するまでもない。しかし、姜は涙が出るほど美しい心、人間としての真の姿が何かを、日本人労働者との交流を通じて切実に味わうのである。「みんなありがとう、みんなありがとう」という姜、しかし「姜が最後にはっきりいえたことばは、それだけであった。……」と付け加えておく作者の意図によって、具体的に言葉で伝えなくても伝えられるような朝鮮人労働者と日本人労働者との交感、朝鮮人登場人物を描く日本人作者松田の暖かい視線がしみじみと覚えられるのである。

六　林ととく子の愛

朝鮮人労働者と日本人労働者との同志愛が林ととく子との関係に発展するところに松田の作家としての気概、その時代と植民地主義を乗り越えたグローバリズムが見出されると言ってよかろう

とく子が林に偶然出会った場所は坑内である。服装も「坑内着のまま」だった。

とく子と林はよほど偶然でなければ坑内で出あわなかった。番がちがえばなおさらだった。

が、出あえば、いつしかとく子はじぶんでも、じぶんがわからなくなるほど、えたいのしれない幸福さで、いきがとまるかと思われた。それは片っぽうが鉱車につかまり、片っぽうがアンコの箱をかかえてすれちがうほんの一瞬ずつだった。(二章、三)

とく子は「生みの親と二人ぐらし」で、「母親は元山坑でつめ子(鉱石を鉱車につめる仕事)をしていた」。延命のためにも自分も坑内の労働をしなければならない身で、異性に目覚める暇も心の余裕も持っていない。だが、坑内での出会いによって、とく子に林は「えたいのしれない幸福さ」を与えてくれる存在として浮上する。

日本人労働者とく子と朝鮮人徴用者林との関係を意図的に設定する作者の狙いによるものだろうが、「母親から「半島」ときくたびに、とく子はぎくッとした。それにつれて林の顔がやきついた。なぜともなく涙が出た」(二章、三)という表現からも、いかにとく子の心が林に惹かれているかがよく分かる。

鉱山労働者といえども、立場や環境や身分から見て林ととく子との関係は、実は会うこと自体が許されないほど世間に認められないものであった。とく子の母がとく子に「定吉だ、林だって、おまえ、けつ軽くして、ついて歩くでねえぞ。定吉はともかく、林は半島だ。」、「半島とでも、まちがい起こしてみれ。一生の立身のさまたげだぞ」(二章、三)と責める場面があるが、とく子の母の言葉はその事実を如実に裏付ける。

ところで、とく子の心境はどのようなものだったか。松田は「じぶんの用事ではなくて林にあわねばならない。――そう思うと、心の不安や悲しみとはべつに、とく子の胸がとどろいた。林。――ただ、そう思うだけで、林のひと皮目と、引きしまったくちもとが目にうかんだ」（二章、三）と書き入れている。林を思うだけで胸をどきどきさせながら林に会わなければならないと念を押すとく子の姿は、連帯感で結ばれた男女労働者の愛が現実にかかわらずいかに制度と階層を飛び越えられるものかを証明する。母国の異なる男女にも二人の愛は哀切どころか切実なものとして描写される。たとえば、作者が林やとく子の言説ではなく、語り手の言説で二人の愛を示す場面を見ると、その事実はより明確にうかがえる。

出あったとたん、二人は暗闇をつらぬいて、ただ、目だけを見合った。あふれる幸福さが両方のくちびるをほころばせた。二人は、ふり返らないようにした。それは何やら恥ずかしい、おそろしいことだった。ときおりとく子は、この二人のひめられた幸福を、七ツ館で死んだタツ子が、そっと見まもっているかのようなすまなさと、ふかいおそれにおそわれた。（二章、三）

作者は、語り手を通じて二人が愛するしかない関係であることを読者に呼び起こしているといってよい。そういえば、驚くことに七ツ館陥没で世を去ったタツ子と救出された姜の関係にも余韻は残されていたのではないか。松田はとく子を通じて「姜のような姿にあったにもしろ、タツ子も生きてさえいてくれたら！　タツ子は姜と、やっぱり縁にむすばれていたのではないだろうか」と暗示しているが、そこからも朝鮮人男性と日本人女性の濃密な関係を意識した松田の意図が読み取れる。

林とく子の愛のクライマックスは、中国人俘虜が強制連行される光景を目撃したとく子に対して、林が中国人俘虜のいる場所を教えてくれと迫る場面である。

「ウバサワってどう行く。とく子、すぐ教えてくれ」
「林さん、それ聞いてどうする。どうして姥沢さ行く。ほんとにその俘虜だら支那人の俘虜だ。朝鮮人じゃねえ」（中略）
「とく子。おまえは日本人だから、そうしていられるんだ。おれは朝鮮人だ。朝鮮人も支那人も、今は日本にいじめられてるんだ。とく子。だけどおれは定吉さんやおまえは日本人でも、恩人だと思ってるんだ。今だって思ってるんだ。な、とく子。おまえの恩は忘れない。だからな、とく子。どうか教えてくれ。おれはじっとしていられないんだ」（中略）
とく子はそっとささやいた。「おらあ……おらあ、……」
日本人であることのくるしさ、そうしてせつなさ、それにせめられて、とく子は今にも泣きそうだった。林はやさしくかばうように、とく子を見まもった。

「とく子。おれたちはおたがい、おんなじ坑夫なんだ。……さ、そこまででいいから、いっしょにみち教えてくれ、ほんとに、ちょっとでいい。……」

林はなだめるように、じぶんとおんなじ年ごろの、しかし自分のくびくらいにしかとどかないとく子をのぞきこんだ。かぶった手ぬぐいの下から、坑内の硫化泥の匂いのしみたとく子のかみが林の鼻先ににおった。林はこのとく子が、今はじめて、かわいそうな、そして自分がかばってやらねばならない、たったひとりの娘であるかのような気がした。(中略)

それが二人を終生結ぶ恋愛の芽ばえなのか、林は知らなかった(二章、五)。

日本帝国に同じく侵略された民族として中国人俘虜に憐憫の情を催した林が中国人俘虜のいる場所をとく子に問いただす。中国人俘虜に近づいていくため、道順を教えることをとく子にねだる林と、日本人として生まれた自分を恨みながら林が置かれる状況を心配し躊躇するとく子の姿から哀切さが伝わってくる。お互いに聞いて答えるというやり取りが愛を告白しそれを確認するような場面として読まれるのは、中国人俘虜に同情と共感を覚える朝鮮人男性の労働者林が単に日本人女性の労働者とく子を説得しているからではないだろう。行動するため、積極的に出る林に対し、とく子は相手のことを気にしているあげく、最大限に自分の感情を堪えようとするのだが、結局やむを得ず重要な事実を打ち明け、お互いに心的交流を交わす状況が読者に無限の感動を与えてくれるからではないか。この場面は、作品の白眉であるに違いない。

とはいえ、二人の考えと行動は始終一致した場面を演出してはいない。「とく子、戦争でも終わったら、おれと朝鮮さ行かないか。おっ母さんをつれてな。なァとく子、そうしないか」と迫る林の言葉にとく子はどう思ったか。とく子はむしろ「林といっしょに死にたいとさえ思った」ものの、「戦争さえけりがつけば徴用ということもなくなって、あんなむごい死にかたも、今よりすこしはへるだろうし、林だって朝鮮へ帰って母親をつれてくることもできるだろう。そうなってくれればいい。一日も早く、そうなってくれればいい」（五章、三）と漏らすのであり、「それぞれの母を思い、それぞれの生国」を思う二人の個別性を強調することも松田は書き忘れていない。

この点は日本帝国の加害性に怒りを抱えながらも松田が「わがふるさとよ　祖国よ[14]」と表現した如く自分の祖国と故郷に対する熱い思いを持っていたことの証拠なのだ。そのようなものが作品中に反映され、とく子を自立させる原動力として働いているとも思われる。

一方、作者松田は何よりとく子に道を教えられた朝鮮人労働者が中国人俘虜に出会う場面に重みを置かざるを得なかっただろう。林と鄭は中国人俘虜に会ってはじめて「二つの国の、二つの民族の心を、ことば以上につよくかよわせ」（三章、四）るものを確認しているからだ。だが、朝鮮人労働者が中国人俘虜に会って心を分かち合うまでの過程には林ととく子の信頼と愛情が働いている事実を見逃してはならない。すなわち「二つの民族の心」を捉えるためのモーメントとして林ととく子の関係を設定した松田の意図を垣間見ることができる。

二人の関係からうかがえるように作者の朝鮮人労働者に対する認識は、年齢、性別を問わず、日本人労働者への認識と異なるものではなかった。その認識には、労働者を卑下したり見下げたりするものに対する怒り、あるいは酷使と虐待にやっと耐えながら日々を送るしかない外国人労働者への、作者の悲しい視線と同情が交差していると思われるが、そのことをどのように作品の中で表現するかと悩みながら筆を振るう、実践作者としての松田の試みが投影されているはずだ。松田はそのような労働者の苦しみと哀歓、それを乗り越える役目を果たすものとして、当時身分と制度から見て不適切な関係と認識されがちの朝・日労働者の連帯、もしくは朝・日男女労働者の愛を読者に対するメッセージとして伝えたかったのではないか。

単純な男女の愛ではなく、男女労働者の同志愛として昇華されている林ととく子の関係は、労働者の国際的連帯という、作者の認識下に緻密に描かれているものといえよう。

七　おわりに

松田は『地底の人々』で日本人労働者と中国人労働者はもちろん、朝鮮人労働者にも暖かい視線と限りない愛情を注いだ。それは花岡事件の現地探訪の経験が松田の体内に深く根づき、忘れられない記憶として蘇っているからにほかならない。松田は「わたしは、その現場に直接つながる堂屋敷坑三番坑道の最奥、すなわち壊滅（かいめつ）した七ツ館坑の遮へい壁まで行き着いて、坑内がいかに戦時的な人権無視の乱掘ゆえに危険化していたかを自らの目と足と体で確認した」[15]と述べている。その「人権無視の乱掘」こそ花岡川の陥没をもたらし、その陥没は水路変更工事のため中国人俘虜を花岡鉱山に呼び出し、結局花岡鉱山の惨劇に繋がっていることを想起すると、花岡事件の現場を訪れた松田の心境が十分読み取れる。

松田にとって花岡事件は緻密に検証されなければならない対象で、生涯取り組むべき課題であった。松田解子はかつて次のように述べたことがある。

花岡事件の真因がこの国土の地底にまで及んでいた日本の天皇制と独占の支配、それへの盲信に根差す排他的侵略的な軍国主義にあったこと。これが内に自国の労働者階級と人民をいためつけ、外にアジア人民のあからさまな殺りくと国土侵略を拡大したということ。その一つの典型＝一つの圧縮図を、ここ花岡の地底と地表をこめて消しがたく印刻したものが、花岡事件ではなかったか、ということ。[16]

この言葉は松田が日本帝国の戦争で犠牲になった朝鮮人と中国人を供養する気持ちであらゆる努力を尽くしながら人生を送ったことを根拠付けている。平和を求める切実な精神なしにはその気持ちは生じないはずで、松田がいかに時代に目覚めていたかを物語ると言ってよい。

それは日本帝国主義に対する絶え間ないたたかいを身をもって実践することであり、戦争を仕

『花岡ものがたり』の扉の写真（版画集より）

掛けるすべての暴力を拒むことでもあった。そのような人間解放と自由の精神を松田は『地底の人々』で具体的に書き入れている。つまり、作家松田は二度と日本帝国による侵略戦争は反復されてはならないと切願し晩年まで花岡事件とたたかい続ける一方、作品『地底の人々』を通じて七ツ館事件に触発された花岡事件を具体的に描写することによって、その決意を固めるとともに、朝・日貧困層の団結、そして花岡事件の犠牲者に対する慰撫と追悼の気持ちを作品に刻み込みたかったに違いない。『地底の人々』は、まさにこうした松田解子の強い思いが具体化された作品であるといえよう。

注

（1）中村新太郎編集『ドキュメント昭和五十年史　第四巻』（汐文社、一九七五年）

（2）同注（1）一四五頁。

（3）松田解子「花岡と私」（『花岡事件四〇周年記念集会の記録』一九八五年）四二頁。
（4）同注（3）四三頁。
（5）同注（3）四三頁。
（6）同注（1）一四九頁。
（7）松田解子「花岡　その後」（『日中友好新聞』、一九七二年十一月三十日付）
（8）松田解子「花岡鉱山をたずねて」（『松田解子自選集第六巻　地底の人々』澤田出版、二〇〇四年）三二五頁。
（9）同注（1）一六一頁。
（10）松田解子「花岡事件と私」（『中国研究』一九七八年）二八頁。
（11）追悼式は信正寺の境内にある七ツ館弔魂碑前で行われ、読経、追悼の言葉、メッセージ紹介、献花焼香（実行委員長、遺族、韓国側、市、県、参列者全員）、あいさつ、閉会の順で進められた。
（12）金正勲「松田解子『花岡事件おぼえがき』考」（『民主文学』九月号、二〇一〇年）一三三頁。
（13）現悟谷面は、蟾津江と寶城江が流れるところで、鴨綠遊園地、蟾津江汽車町、心清の町、農村体験学校などで知られ多くの観光客が訪れている。
（14）荒川鉱山墓地の立て札に書いてある語句。
（15）松田解子「里恋いの読書から」（『秋田さきがけ』、一九九七年七月十七日付）
（16）松田解子「花岡事件おぼえがき」（『松田解子自選集第六巻　地底の人々』澤田出版、二〇〇四年）

二六二頁。

付記　『地底の人々』の舞台を訪ねる（二）

シンポジウムの前日（五月二十八日）私は地元の主催側の案内で「松田解子文学記念室」、松田解子の墓地（荒川鉱山）、鉱山の選鉱場跡、花岡事件で中国人俘虜が多数殺害された「共楽館」の跡地、そして小林多喜二の出生地などを次々と見回った。『地底の人々』の舞台を直接訪れ、目で確認できたことは何より収穫である。「松田解子文学記念室」には作家の遺品だけではなく、生涯と文筆活動を一目で把握できるような年譜や作品の初版本などが展示されていた。そして幸いなことに『地底の人々』に登場する鉱夫らが使っていたカーバイト・カンテラ、カッチャ、シャベル、削岩機のような道具も揃っていて、当時の鉱山生活を理解するのに非常に役立ったような気もする。

松田解子の墓は東京中野区にあるという。しかし、本人の希望通り鉱山墓地にも分骨されていたので、松田の鉱山への思いが如何なるものであったかをうかがい知ることができる。ところで、墓の立て札には印象深い松田の語句が刻み込まれていた。

春咲け

夏照れ
秋成れ
冬澄め
わがふるさとよ
祖国よ

いつも松田の筆力に共感するのは、彼女の作品に日本人に常識と思われるようなその禁忌を破り、国境や性別や年齢を乗越え自由と解放を渇望する人間らの真実の姿がありのまま描かれているからである。日本帝国主義や天皇さえ容赦なく責める表現が作品のところどころに鏤められている点などを念頭に置くと、松田はつねに権力に脅かされながら生きる貧困層の立場を強く意識したはずだ。松田はその現実を打破するためにたたかい続ける作家としての本分を一刻も忘れはしなかっただろう。それは常に戦争に狂奔する日本の矛盾と鉱山の日常や労働問題に目を注ぐような、いわば自分の祖国「日本」と生まれ育った「ふるさと」荒川鉱山を心から愛する気持ちがなければ成り立たないものである。私は墓の立て札の前で「わがふるさとよ」、「祖国よ」という言葉に強い感銘を覚えた。

七ツ館事件六十五周年殉難者追悼会（五月二十九日）が行われた場所は、大館市花岡町七ツ館弔魂碑前であった。『地底の人々』の舞台としても有名な信正寺境内にある弔魂碑の前で韓国政府の調査委員や遺族、そして日本側の参列者は次々と献花、焼香し七ツ館事件で生き埋めになって世を去った犠牲者らの霊を慰める儀式に参加した。韓日共同で公式的に追悼会を開くのは初めてのことらしく、私も弔魂碑前で膝をついて韓国式で犠牲者らの冥福を祈ったが、そこに参加したすべての人は沈黙を守る中で以心伝心で日本帝国の強制動員に対する歴史的認識を共有していたに違いない。松田は金一守さんに七ツ館跡案内された記憶を「『あの白いのは花ですよ。風で少しうごいているのは、いまでもあそこには年じゅう供養の花があがっている。……あの下にまだ、二十二人の骨、そのままあるから、……』わたしはそういう金さんにたいして、返すべき言葉もなく深くうなずいた」(「花岡事件おぼえがき」)と書いている。その時の作家の心境がどのようなものだったか十分想像できる。

同日午後のシンポジウムは、一〇〇人も越える聴衆が参加した盛況のものだった。「花岡事件と朝鮮人」、「花岡鉱山と朝鮮人強制連行」、「韓国における強制動員調査の取り組み」、「韓国で『地底の人々』を読む」という題目からも窺えるように、シンポジウムのテーマは過去の真実を明らかにするという視点から国家イデオロギーの抑圧と戦争に反対し平和と人間愛を求める精神を共有するようなものであったと言ってよい。

報告の内容については詳しく述べる機会があるだろうが、七ツ館事件を考え直す有益な時間であったことはいうまでもない。

思い出してみると、『地底の人々』でとく子は「戦争!なんとか戦争でさえなかったなら!たとえ坑内働きにしろ、戦争でさえなかったなら！」と叫んだ。このときのとく子の言葉は作家松田の言葉ではなかったか。戦争さえなかったなら七ツ館事件も起こるはずがなかっただろう。松田は『地底の人々』に戦争による悲劇を描くことによって二度と日本帝国による侵略戦争は繰り返されてはいけないという決意とともに犠牲者に対する追悼する心を作品に供養する気持ちで書き入れたかったのではないか。

松田解子は『地底の人々』の舞台である花岡鉱山を訪ねた感想を書いたルポ「花岡鉱山をたずねて」で次のように言い残した。

地上が、――日本の地上が帝国主義者戦犯にゆだねられている以上、また、それをわたしら日本人民がゆるす以上、この列島は永遠に地獄ということ。現に地獄だということ。雑草のひともとまでがくりかえし戦犯を幇助しかねまいこと。たとえそれが、（雑草が骨を吸うことが）雑草にとって自然のいとなみだとしても、そういう条件の作り手が人間だった、日本人だったということ

秋田を離れる帰国便の飛行機の中で、私は今回『地底の人々』の舞台を訪ねるにあたって、お世話になった方々に感謝の気持ちを抱きながらこの言葉を思い浮かべた。

第五章　新美南吉を社会的視座より読み直す

――「アブジのくに」ほか――

一　はじめに

童話作家新美南吉（一九一三〜一九四三）は、韓国ではどのように知られているだろうか。中学生の時から文学的熱情を燃やしながら童話、詩などの創作に没頭したが、結核にかかり、二十九歳の若さで世を去った南吉。韓国でも子供や青少年に人間と動物との交流、自然の美しさを提示し神秘な世界を描いた童話作家として知られている。

まだ全集が韓国語に翻訳されていないとはいえ、『おぢいさんのランプ』（有光社、一九四二年）、『牛をつないだ椿の木』（大和書店、一九四三年）、『花のき村と盗人たち』（帝国教育出版部、一九四三年）に入っている作品はほとんど韓国に紹介されている。韓国の子供や青少年も、毎年日本の小学校の教科書に載っている「ごん狐」などを韓国語で読みながら寂しくていたずら好きな狐の話に面白がり、またいたずらに来たのだと思い、狐に火縄銃を打ってしまう兵十の姿に接し惜しい気持ちを隠さないわけである。ただ、翻訳に比べ、南吉作品に対する研究はそれほど進んでいない。これまで学会で発表された論文数は十編にも及ばないので、日本で様々な視点から論及される南吉像を意識すると、それこそが課題である。

さらに見逃せないのは、南吉が青年時代日本社会の矛盾に悩み、リベラルな視点を見せていたことについては韓国に全く紹介されていない点である。いわば戦争中に生きる作家としての苦悩や彼の革新的な考え方がありのまま伝えられていないわけである。

南吉が生きた一九三〇年代は朝鮮植民地時代だった。しかし、日本内地でも政治権力が国家主義を叫んで日本民衆を弾圧する時期であった。そのような社会的雰囲気に反旗を翻した小林多喜二という作家が一九三三年治安維持法違反で警察に連行され、酷い拷問で犠牲となった事例を見てもいかに強圧的雰囲気であったか、強調するまでもない。

南吉（1931年）

青年時代の南吉は、小林多喜二に共感し、疎外されている弱者側に立って社会的不義や不平等に苦悩しただけではなく、その苦悩を作品を通して表現した。日本帝国主義の植民地支配中に被支配階級に配慮の視線を送る文書も書き残している。「アブジのくに」をはじめ、平和精神や社会的メッセージが見られる作品が最近韓国に翻訳、紹介されていることも、[1] そのような視点が共感を呼び起こした結果だろう。本章では南吉のこうした視点から描かれた四作品(「張紅倫」「アブジのくに」「塀」「ひろったラッパ」)を取り上げ分析することによって、南吉がリベラルな作家として国境と身分と階級を越えたテーマを追求しながらその時代を必死に生き抜いていたことを明らかにしたい。

二　国境を越えたヒューマニズム

南吉には、国際的感覚を持って中国の庶民に焦点を当てた「張紅倫」という短編がある。「張紅論」は、南吉が植民地時代の朝鮮人と日本人との人間的交流をテーマにした「アブジのくに」を書く一年前、つまり十六歳の時(一九二九年)に書いた作品である。結果的にいえば、南吉は青少年期にはやくも日本の大陸侵略と国際情勢に目を向け、社会性の強い作品を執筆したわけだが、この作品は最初「少佐と支那人の話」という題で一九二九年四月二十一日に書き始められた。そして五月三日に書き終えられたのである。その日、南吉は日記に「「少佐と支那人の話」を書き上げた。「古井戸に落ちた少佐」と改題。夜、弟にそれと、「紫の花」を読むで聞かせた」と述べ、再び改題したことを記しているので、紆余曲折を経て生まれた作品であるといえる。「張紅論」

に変わったのは、『赤い鳥』に「正坊とクロ」に続いて二作目の作品として発表された一九三一年で、『赤い鳥』の主宰者鈴木三重吉によるものであったらしい(2)。

執筆背景に関わる文章を取り上げると、南吉は一九二九年（中学四年生の時）二月十三日の日記に次のように語っている。

二時間目の時、学校へ野砲が来たので、見学した。空砲を二発うつた。余の耳をつめてゐたのはもちろんである。兵士を材料として、一つ童話でも作らうか。三時間目の教練は泣き出したい位冷たかつた。

短い感想とはいえ、青少年の時から戦時体制下の現実に敏感に反応する様子がうかがえる。南吉は自分の「耳をつめていた」二発の「空砲」を聞いてどのような思いをしたのだろう。彼がその場で感じた心の動揺を反映し、創作物として書き上げたいと思いついたことは間違いなかろう。南吉は日露戦争や済南事件などを通じて戦争がいかに人間に悲しみをもたらし、人間の本性を抹殺するか、目撃したはずである。この暗い時期に育つ南吉は平和を脅かす戦争ムードに巻き込まれず生きることとは何か、という問いに初めて立たされるわけである。学校にまで戦争の記憶を起こす雰囲気が浸透していることに皮肉な視線を送ると同時に、嫌悪感を持ったに違いない。

ところでやはり気になるのは、南吉の死後すぐ、『花のき村と盗人たち』（一九四三）という童話集が出版されたが、この童話集に南吉自身が「張紅倫」を入れなかった点である。この理由について巽聖歌は「戦時下の日本では、こうした話は利敵行為とまではいかなくとも中国人のヒューマニティを礼賛したことになって、非国民ということになる。こんなことでは敵愾心をあおれない。それで採用は見合わされたのだろう(3)」と述べている。巽の言葉に従えば、青少年であった南吉の視点は、自分が思ったより非常に開けたものだったといえよう。もちろん南吉が「非国民」として爪はじきされることを覚悟して「張紅論」を書いたのかどうかは分からない。が、少なくとも違う環境に生きる者同士の交流、あるいは敵に見える相手を助け上げるような人間的な付き合いを図る内容を試みたのではないかと思われるからである。

「張紅倫」は、日露戦争の時、日本兵として満州に渡り、戦況を偵察していたところ、古い井戸に落ちて苦境に陥った少佐と、彼を助け上げる中国人親子との暖かい友情を描いている。だから一言でいうと、時代と国境を超越しグローバルな視点から書かれたヒューマニズム色の濃い童話であるといえる。

当時日本側からみれば、戦況は非常に緊迫していた。書き出しは「奉天大戦争の数日前」のこととして紹介されているので、数日後には日露戦争最後の大規模な陸上戦（奉天大戦争）が展開されるわけである。当時（一九〇五年）日本軍は旅順を攻撃したのち、満州に拠点をおき、乃木将軍の前進を待ちながら兵力二十五万人を動員しロシア軍を殲滅しようとした。奉天を守ろうとしたロシア軍も三十二万の兵力を動員して対峙していたのであり、どれほど緊急状態が続いていたかはいうまでもない。

この大激戦が繰り広げられる直前に青木少佐は偵察中、古井戸に落ちてしまうのである。

あい色の支那服をきた、十三四の少年の紅倫は、少佐の枕もとにすわつて看護してくれました。紅倫は大きなどんぶりにきれいな水を一ぱいくんでもらつて来て、言ひました。
「わたしがあの畑の道を通りかゝると、人のうめきごゑが聞こえました。をかしいなと思つて、あたりを探しまはつてゐたら、井戸の底にあなたが倒れてゐたので、走つて帰つて、お父さんに言つたんです。それからお父さんとわたしとで縄を持つていつて、ひきあげたのです。」

そのまゝ四五日たつた或夕方のことでした。もう戦もすんだのか、砲声もバツタリやみました。（略）

畑で働いてゐた張魚凱が帰つてきました。そして少佐の枕もとにそゝくさとすわりこんで、
「こまつたことになりました。村の奴らが、あなたをロシア兵に売らふと言ひます。今晩みんなであなたをつかまへにくるらしいです。早くこゝをにげて下さい。まだ動くにはご無理でせうが、一刻もぐづ〳〵してはゐられません。早くしてください。早く。」とせきたてます。

朝鮮と満州の支配権をめぐって日本とロシアが戦争中だったので、古い井戸に落ちた日本の少佐は中国人から見れば警戒しなければならない対象であった。しかし、紅倫は父に報告し、父と一緒に助け上げるのはもちろん、看護までしてあげる。いわば国籍や民族イデオロギーを離れ、敵地で生死を彷徨う少佐を救助し、それに彼の世話をする中国人親子の暖かい心が伝わるのだが、この中国人親子はさらに捕虜として扱うべき青木少佐を逃がしてやるので驚かざるを得ない。

敵の少佐であり、ロシア兵に渡すのが一般的な対応だったはずである。「村の奴らが、あなたをロシア兵に売らふと言ひます」という張魚凱の証言は普通の中国人の、日本人捕虜に対する扱いぶりをよく示している。ところで、「村の奴ら」はロシア兵に密告したのであり、捕虜である日本人少佐をロシア兵に渡さなければ、彼らにどう報復されるかわからない。中国人親子は、「村の奴ら」からだけではなく、ロシア兵に酷い目に合わせられるはずである。それを覚悟してさえ中国人親子は日本人少佐を逃亡させる。中国人親子から国境と身分を超越した人間本然の姿が見出されるのである。南吉には、戦争時代の日本に生きる作家として、何かイデオロギーを乗り越えても特別な交流を求める人間像を読者に提示し、彼なりの独特なメッセージを皆に伝えたい構想でもあったのだろうか、という疑問が生じるのも当然だろう。

果たして南吉は、読者にどのようなメッセージを伝えるために作品「張紅論」を執筆したのだろうか。この問題提起は「張紅論」の主題を考えるうえでも欠かせない問いであるに違いない。かつて西田良子はこの点に注目し、青木少佐が満州で古井戸に落ちた事件をシニカルに描くことが作品執筆の動機であったというふうに語っている。[4] これに対し、関英雄は「異民族のあいだを結ぶ人間愛の在り方という主題[5]」という表現をしている。少なくとも西田の説は、時代を鋭く凝視する南吉の視線、戦争に対する南吉の心の奥の声を軽視した見方に由来するものではなかろうか。

まず当時南吉がいかに戦争に抵抗的視線を見せていたかを確認してみよう。彼は一九二九年二月七日の日記に「大平先生の教練は、前哨の話で、余は歩哨にせられ人形の様に扱はれた。片桐のテツカンさんは、面白い皮肉を云ふ。あれで海軍大佐とか中佐とか云ふ事だ」と叙述した。また、「試験勉強の為早朝床を出て歴史の本を繰つた。それだのに、歴史の試験の成績は余りよくなかつた。二番目の「露国の満州侵略」にはホトホト困つた。でネルチンスク条約愛琿条約の附近を書いておいた」(三月七日の日記)と記している。南吉は戦争を連想させる学習や訓練には興味を持たなかったのみならず、それに皮肉や嫌味をいいながら抵抗を示していたといえる。そして、ロシアの満州侵略という情勢にも敏感に反応する姿勢を見せていたのである。言い換えれば、南吉はすくなくとも満州で繰り広げられる戦況を、嫌悪感を持って注視していたと見てよい。

さて作品「張紅論」は、少佐から張紅倫に主眼点が移動したとみる余地がなくはないとはいえども、結局「張父子と少佐との心の交流という点に、作品の評価の視点を求めるべき[6]」で、終始中国人親子の犠牲的な人間愛の精神に焦点が当てられている点を意識せざるを得ない。既に中国人親子が村の人々から仲間外れにされ、ロシア兵からの報復を覚悟してさえ日本人少佐を助ける点を指摘したが、その結末からも如実にその点を確認することができる。

帰国して十年後、青木少佐が働いている会社に一人の青年が物売りに来る。少佐はその青年が時計を取り出すのを見て、自分が恩返しに張紅倫にやった時計であることを思い出す。少佐は彼に自分を助けてくれた紅倫であるかを確認するが、紅倫は知らないふりをしてその場から去っていく。そして少佐に下記のような手紙を送る。

わたくしは紅倫です。あの古井戸からお救ひしてから、もう十年もすぎました今日、あなたにおあひするなんて、ゆめのやうな気がしました。よく、わたしをお忘れにならないでゐて下さいました。わたしの父は昨年死にました。わたくしはあなたとお話がしたい。けれど、お話ししたら、支那人の私に、あなたが古井戸の中から救はれたことが分るとあなたのお名まへにかゝはるでせう。だから、私はあなたにうそをつきました。私は明日支那へかへることにしてゐたところです。さようなら、おだいしに。さよなら。

青木少佐が張紅倫の助けを得て逃げてから張紅倫の家族は、村の人々から、あるいはロシア兵からどのような待遇を受けたかは分からない。そのことについては一切書かれていないからである。しかし、村の人々の意向に反することを行ったのであり、それにロシア兵も張紅倫の自宅を訪れ捜査するなど、張紅倫は酷い目にあったのではないかと予測される。恩を施したのは張紅倫のほうである。十年ぶりに日本で自分が助けてあげた青木少佐に遭遇したのであり、会社の重役としてえらくなった彼に今回は助けを求めるのも意外なことではなかろう。しかし、張紅倫は迷惑をかけてはならないと思い、わざと知らないと少佐にうそをつき、その場から去ったのである。

これは紛れもなく中国人張紅倫の犠牲の物語である。少佐は「日本帝国軍人にあびせる痛烈な揶揄に代表される[7]」対象になるだろうが、張紅倫は自分の犠牲を覚悟してさえ人間愛に満ちた心温かい人物として描かれているからだ。もちろん当時日本政府の大陸侵略政策により一般の日本人も中国人や朝鮮人を見下し、被支配者は犠牲を強いられる傾向があったといえよう。だから、当時の雰囲気を念頭におくと、中国人張紅倫の犠牲が当たり前に行われるべきものとして読者に受け取られがちである。しかし、南吉は、これに疑問を持っていたかのように「異民族の父子を登場させたことで、結果的に民族差別の問題を浮かび上がらせ[8]」たのである。いわば、作者は「民族差別の問題」を人間愛の精神へと昇華させ、その人間愛に満ち溢れる中国人親子を通じてヒューマニズムの極致を描いたともいえよう。

この作品が単なる青木少佐の事件を「シニカルに描く」ことが目的ではなかったことを証明する証拠としてはその一年後に南吉が書いた「アブジのくに」との関連性を意識せざるを得ない。「アブジのくに」が公開される前の時点なら、南吉が偶然にヒューマニズムをテーマに、あるいは少佐の古井戸に落ちた事件をシニカルに描いたというほうが説得力を得るかもしれない。しかし、南吉は十六～十七歳の時、連続して日本と中国、あるいは日本と朝鮮の歴史を意識しながら、同時代の中国人と日本人、朝鮮人と日本人との関係において既存の固定観念を打破する意図を明確にしようとしたのではないか。したがっていかに異なる民族が社会的障壁と差別意識を乗り越え、自由に交流できるかを、作者は両作品を通じて必死に刻んだといえよう。

三 「アブジのくに」に描かれた韓日交流

「アブジのくに」は、南吉がその朝鮮植民地期の日本人と朝鮮人との関係を友好的な視線で描いた小品である。したがって非常に価値のある作品だと思われるが、実は日本でもあまり知られていない。この作品が「半田空襲と戦争を記録する会」（佐藤明夫代表）によってハングルで小冊子にまとめられた（翻訳者はカンヤンスン）のは最近である。二〇一四年八月十七日、『中日新聞』は「南吉が描いた友好今こそ」という題をつけ、「朝鮮人への偏見が強かった戦前、在日朝鮮人が主人公となる文学作品は珍しいという。会は日本と韓国、北朝鮮の若者らに作品を広め、友好に生かしてもらいたいと願っている」と報道している。

一九二九年、南吉は文学的情熱を燃やし、『草緑』、『少年倶楽部』などに活発に投稿しながら中国人と日本人とのテーマに集中した一年後、また今度は朝鮮人と日本人との交流に焦点を当てた。果たして南吉には「アブジのくに」に描かれたような韓日交流の体験があったのだろうか。かつて関英雄は南吉の実体験について、次のような発言をしたことがある。

小品「アブジのくに」は、村へやってきた道路工事の朝鮮人たちの中の、一人の父と七歳になるその娘と、親切な村の下駄屋のおばさんの交渉を描いている。この作品に書かれているような事実（村へ初めてやってきた朝鮮の労働者たち）が、南吉の少年時代にあったと考えられる。（略）

実際は、頭から朝鮮人をきらった村人たちの多かったであろうことが、書いてないが、想定される。南吉はその体験から、被圧迫民族である出稼ぎの朝鮮人の立場に自らを置いていたにちがいない。[9]

鋭い指摘であるが、「南吉の少年時代にあった」事実は、ほかならぬ鉄道の線路を作る工事だったらしい。佐藤代表によると、当時（一九三〇年）南吉の自宅の近辺でも知多鉄道（現名鉄河和線）の線路工事が進められていたという。[10] そしてこれが完工され、三一年四月大田川・成岩間が開通した。多くの朝鮮人労働者が出稼ぎに来て、その工事に従事しながら賃金をもらい家族と暮らしていたのであり、岩滑の八幡社の近辺に朝鮮人労働者の飯場があったことも明らかになった。[11]

南吉は一体日本統治時代に何を目的にこの作品を描いたのだろう。そして読者に何のメッセージを伝えたかったのだろうか。

時代的背景を探ると、一九一〇年以降、日本帝国主義の朝鮮植民地強化政策によって朝鮮人は苦しい生活を営んでいた。したがって、やむを得ず高い賃金を求めて朝鮮を離れ、日本へ行く人が増加する状況であった。しかし、日本の労働現場では朝鮮人に対する差別や不公平な待遇が行われ、祖国を奪われた植民地の民としての苦痛がいかに耐えがたいものであったか、いうまでもない[12]。

「アブジのくに」は下駄屋に朝鮮人親子が地下足袋を買いに来る場面から始まる。

　村の横に電車道を作りに大勢の朝鮮人のトロッコ押しが来て、お宮さんの東の空家に住居をしました。朝はやくから、トロッコの音が寒そうに聞こえました。晩方になると、朝鮮人たちは、きたない色のパンツでショベルをぞろぞろと引きずりながら帰ってきました。

　地下屋の小母さんの家には地下足袋を売っていたので、よく朝鮮人は地下足袋を買いにきました。

「こんちは。タビ下さい。」

　そう言って、一人の朝鮮人が入ってきました。下駄屋の家の入口がふさがってしまうくらい大きな人です。女の子を一人つれていました。

「きたない色のパンツでショベルをぞろぞろと引きずりながら帰ってきました」という表現か

「アブジのくに」の挿絵（韓国語版『新美南吉童話選』より）

ら、労働で疲れ果てて不体裁な服装をして帰宅する朝鮮人労働者の姿が連想される。ところでこの「電車道」がほかならぬ「名鉄河和線」を指すと想像するなら、この朝鮮人父親はまぎれもなくそこに従事していた労働者であったに違いない。

　気になるのは、南吉の母シンが当時下駄屋を運営していた事実である。このことに着目し、「南吉の母が営む下駄屋に可愛らしい女の子を連れて、朝鮮人の（アブジ）父親が地下足袋を買いに来た[13]」と見る解釈がある。いわば作者はもっとも親しくて身近な自分の家族の話を取り上げ、朝鮮人労働者との交流を描いているつもりだが、注目したいことは朝鮮人親子がどう見られているかという点である。これは南吉の朝鮮人を見る目に関わるところでもあり、この作品を分析するにあたって非常に重要だと思われるからである。

　まず目につく点は、下駄屋の「小母さん」の朝鮮人家族に見せる親切さである。「お母さん」は「アラレを少し紙につつんで朝鮮服をきた女の子にやる」し、「い、子だね、さああげましょ」と言って気を配る。だから「朝鮮服をきた女の子」の父親も安心して「足袋をはきながら、もらいなさい」というのである。植民地時代であり、日本人の朝鮮人への迫害が少なくなかったことを念頭におくと、下駄屋の「小母さん」の朝鮮人家族に対する接し方は、商売だからとはいえ、異例といっても過言ではなかろう。実はこの朝鮮人親子には日本語が十分理解できなかった。朝鮮人父親は下駄屋の「小母さん」が「かあいらしい子ですね」というのに対し、「え？」といって「小母さん」の顔をみるのであり、「わからない」と首をふりながら笑うばかりである。やっと年の数え方と名前が答えられるぐらいの日本語力だったといえる。しかし、下駄屋の「小母さん」は朝鮮人親子の不便な言葉使いにもかかわらず、焦らずに、ゆっくり意思疎通を図りながら朝鮮人女の子の手を取る。下駄屋の「小母さん」の心遣いがなければ成り立たない関係として描かれているのである。

二番目に目に付くのは、朝鮮人父親がいない時、朝鮮人女の子（つや子）が下駄屋に遊びに行き、下駄屋の小母さんと交流する場面である。この場面は、朝鮮人女の子が地下足袋を買いに下駄屋を訪問する立場でもなければ、下駄屋の「小母さん」も地下足袋を売りに迎える立場でもなく、純粋な交流として受け入れられるので注目を引く。下駄屋の「小母さん」がさきに朝鮮人女の子を呼んだのか、朝鮮人女の子が自ら遊びに下駄屋を訪れたかは書かれていないが、ひじょうに密度の高い交流として刻まれているので見逃すことができない。

つや子が遊びにきた時、

「『お父さん』はあちらの言葉で何て言う?」

そう言って、下駄屋の小母さんがたずねました。

「アブジ」

「『お母さん』は?」

「おんまあ」

「おんまあ?」

「ん、おんま」

「おんまあ、おんまあ」と言って、小母さんが笑うと、つや子も笑いました。

つや子は、白と黒の美しい朝鮮服をきていました。小母さんがそれをい、着物だと言ってほめてやると、つや子は、まだい、着物があると言いました。

「そうかね」と言って、小母さんは、やっぱり朝鮮の女の子も着物のい、のがうれしいのであるなと思いました。


朝鮮人女の子の名前が日本式で「つや子」と呼ばれるものの、作品名にも「アブジ」という朝鮮語が使われている点を想起すると意外な感じがする。植民地朝鮮から日本に渡ってきた朝鮮人家族を描く作者の視点が明白にうかがえる場面である。その時代に日本の作家中、作品名に朝鮮語を使った例はないだろう。しかも日本の属国だった朝鮮と朝鮮語に強い関心を表明する「お母さん」の存在を意識せざるを得ない。いわば南吉は下駄屋の運営者だったお母さんが朝鮮人家族に暖かく声をかけるところに接したのではないか[14]。日本帝国主義の朝鮮語抹殺政策が本格化する前のこととして描かれているとはいえ、「アブジ」「おんまあ」と下駄屋の「小母さん」が朝鮮の女の子に繰り返すように進める場面はまことに印象的である。

関英雄は「日本に住む朝鮮人の子どもが日本の小学校に入る時、日本名を名乗り、日本語でしゃべり、朝鮮人であることを知られたくないという卑屈さは、わたしの子どものころ見聞したところである」、「その卑屈さは彼らの罪ではなく、人の意識までを変えてしまった帝国主義日本の支配者たちの罪なのである[15]」と強調している。「支配者たちの罪」、南吉がこういった点を強く意識して朝鮮語でわざと題名を付けたうえで、堂々と朝鮮語でしゃべる朝鮮人女の子、朝鮮語で答えるように進める下駄屋の「小母さん」を描いた証拠はない。しかし、当時日本人の朝鮮人差別が一般的であった雰囲気の中、その雰囲気を強く意識しながら、まるでそれに反発するかのように、むしろそのヒューマニスト「小母さん」を登場させたのは事実である。ここに民族差別意識を持たず、朝鮮語、朝鮮服を話題として作品に書き込んだ南吉の視野の広さをうかがうことができる。

三番目に目に付く点は、(作者南吉の意図によるものだろうが)下駄屋の「小母さん」のみならず、「小母さん」の男の子も登場し、交流に参与する点である。この男の子が南吉の影であることはいうまでもないが、要するに作者はこの交流に家族を参加させるという形として描いたともいえよう。下駄屋の小母さんは、中学校五年の「小母さん」の男の子が学校から帰り、つや子が彼を「アブジー」と呼ぶと、その言葉を男の子に紹介し、「アブジ」＝「お父さん」という意味だと教えてやる。ここには朝鮮語を息子に教える下駄屋の「小母さん」と、朝鮮語を教えてもらう「小母さん」の息子という構図が見られるのである。またそのことを描くことによって、作者南吉は朝鮮人家族（父親と娘）と、日本人家族（母親と息子）を対比させているともいえよう。

「半田空襲と戦争を記録する会」の調査によると、当時愛知県には約三万五千人の朝鮮人が出稼ぎに来て、鉱山やダム、鉄道工事の現場で低賃金で働いていたという[16]。朝鮮人が日本内地で労働をしていたので、日本人とのいろいろな交流もあっただろうが、「アブジのくに」にはありのままの朝鮮人、朝鮮の言語、民族衣装の価値を認めるのはもちろん、朝鮮のことに関心を示しながら朝鮮人家族と交流を図る積極的な下駄屋の「小母さん」が登場しているわけである。この「小母さん」は南吉のお母さんがモデルであるいう点にはすでに触れているが、そのように地位や身分を越えた人間どうしの交流を描いた南吉の視点を新たに注目せざるを得ない。

植民地時代であっただけに当時朝鮮人に対する差別は厳しかった。特に南吉が「アブジのくに」を執筆した二カ月前の一九三〇年八月には、三信鉄道（中部天竜・門島間）敷設工事の河合村（現新城市）で待遇改善を要求する争議が始まったことから無抵抗の朝鮮人が四五〇人も警察に逮捕される事件が起きた[17]。そのような時期に日本人作家が日本人と朝鮮人との人間的な交流をテーマに作品を創作することなどは考えられない。しかし、南吉は植民地民である朝鮮人に暖かい視線を送り、しかも朝鮮人を主人公として設定し、「時流に酔えないほどの醒めた自意識の持ち主(18)」の立場から、その時代にはタブーとなっていた韓日交流を描いた。南吉のグローバルな視点と、時代と環境を乗り越え、真なる人間愛を追求したその意味を強調してもさしつかえなかろう。

四　南吉のリベラルな視点と「塀」

南吉が社会的問題に目覚め、思想的発展を見せ始めるのは、一九三二年東京外語専門学校（現東京外国語大学）に入ってからである。南吉は巽聖歌などと親交を深めると同時に様々な分野に関心を持ち、社会性を身につける。また青少年期に農村で育った成長背景もあり、都市と農村の貧富差や農村現実の矛盾についても関心を表明した。こうした彼の社会への視線と革新的思想が露わになったのは、一九三三年の日常について書いた青春日記が一九七五年に発見されたからである。その日記は一九八五年『新美南吉・青春日記』という題で正式に明治書院から刊行された。

南吉の大学入学前後の時期は、日本帝国主義による朝鮮植民地政策が強化され、中国侵略も本格的に行われていた。一九三一年、中国奉天の近辺の柳条湖では日本の関東軍が南満州鉄道の線路を爆破する事件が起こった。しかし、関東軍はこれを中国軍による爆破であると偽り、戦線を拡大、満州全域を占領して一九三三年、塘沽協定成立に至るまで無謀な戦争をし続けた。いわゆる満州事変である。植民地朝鮮では植民地政策の一環で内鮮融和運動が叫ばれ、その満州事変をきっかけに朝鮮総督府の指示の下に強引に同化政策が進められた。日中戦争の拡大とともに朝鮮総督府は朝鮮人を動員するため、日本人＝朝鮮人という内鮮一体をスローガンとして掲げたのみならず、朝鮮の人々に皇民化教育を強要させたのである[19]。

ところで注目したいのは、こうした雰囲気の中で南吉はプロレタリア文学に興味を示した点である。南吉は一九三三年五月二十七日の日記に「川崎が〝プロレタリア文学〟と云ふ雑誌をかしてくれたので読んでみた。小林多喜二のことが一ぱい書いてある。考へを変へなくてはならぬ。在来の童謡とか童話とかをどうのこうの言つてゐるのは、何も知らない馬鹿の様な気がする。思想的になやむとはこんな事か」と述べている。

多喜二（一九〇三～一九三三）は、日本の大陸侵略政策が強化されつつあった戦争時代に真正面から向き合いながら生きたプロレタリア作家である。彼は日本の侵略戦争に反対し、自由と人間解放の精神を追求し、絶対権力と不正に立ち向かって激烈に闘争した。しかし、彼は一九三三年二月二十日、プロレタリア運動家の同志に会うために東京都内の道路にいたところ、スパイ三船留吉の密告によって治安維持法違反という口実で警察に逮捕される。多喜二は特高警察に思想を変えることを強いられたが、それを拒否し酷い拷問を受け、結局築地警察署の残酷極まる拷問によって虐殺された。

南吉はこうした多喜二の死に至るまでの過程とその活動ぶりを見守っていたはずである。南吉が多喜二について日記に書いたのは、多喜二が虐殺されて三カ月後である。治安維持法の無法さとあの拷問の残酷さが人口に膾炙する時点だったのである。南吉が多喜二のようにプロレタリア運動に本格的に関わった証拠はないが、プロレタリア文学運動が盛んだった当時の雰囲気にのり、また友達から『プロレタリア文学』という雑誌を借りて読み、「考へを変へなくてはならぬ」と思い「思想的になや」んだのは、多喜二に影響を受けたからにほかならない。

だから南吉は、同年岩滑に帰郷して農村の仕事を手伝いながらも労働者階級の哀歓と農村の現実について批判的言辞を弄さずにはいられない。いわば彼は、労働現場に身を投じ、労働の価値と無産階級の苦痛について生の声を発した。南吉は、田を取りながら「私達が東京にゐて米を喰べる時、米の歴史が必ずこの劣等な労働を経て来てゐることなんか考へやしない。しかしこの劣等な労働をしない人々が米を易々として喰べてゐるのである。たしかに不正である。百姓達は不当の労働を他の為にしてゐる。他の者は不当の利を百姓達からさく取してゐる。きつとさうに違ひない」（三三年八月七日の日記）と語った。その数日後には父母に「共産主義の或程度までの妥当性を説明する」ところまで進んだのであり、意外な感じさえする。

共産党の話がひつそり話された。父と母とは、只刑罪とそれから起発する多くの炎を恐れて、わけを知らずに共産党をきらつた。自分は絶対に運動にはいらぬから刑に問はれる恐れは毛頭ないことを示して安心させておいてから、階級懸隔の尨大なことから話をすすめて、共産主義の或程度までの妥当性を説明してやつた。母も解つた。父も解つた。（三三年八月

十二日の日記）

マルクス学者河上肇が共産党活動で警察に逮捕された事件、そして「河上肇公判」が夕飯の食卓で話題として持ち出された時、南吉は共産党活動をしないと父母を安心させている。しかし、共産主義の妥当性については自分の意見を父母に分かりやすく聞かせる。父母はそれに理解を示しているのであり、南吉がマルクス主義とか、共産党の難しい理念を説明したわけではなかっただろう。父母も共感をするような資本家たちの無産階級に対する搾取や社会的格差がなくならない農村の現実などに触れたのではないかと予測される。治安維持法違反で「河上肇公判」が進んでいる中での言及であり、プロレタリア運動に共鳴せずには持ち出せない烈々たる、熱情のこもった話であったに違いない。

これが一九三八年一月八日の日記になると、「主義」を回想するような語りで具体的に表現されるので目を引く。

マルクス主義的な考え方を年少時代に体得してしまつた我々二〇代の青年達は一生不幸で終るやうなことになるかも知れない。何故ならその考へはあくまで我々の心奥深く巣食ひ、併もそれはそれ自身で我々の運命を開拓していける程強いものではないからだ。もし我々が革命でも起すといふならまだしもだが、我々はさうぢやない。一生涯、我々の思想の中では第一人者の敵であるところの資本家の下に働かねばならぬである。

南吉は確かに資本主義の弊害を強く意識しながら、プロレタリア階級は支配的な資本家階級によって経済的に苦しみ、政治的に抑圧を受けていることを頭に浮かべる。そしてプロレタリア運動が盛んだった自分の大学時代を振り返っている。同時にこの時点では多喜二虐殺後である一九三四年の「日本プロレタリア作家同盟」の解散などによりプロレタリア文化の動きが弱まっていることを意識していたと思われる。

このように辿っていくと、南吉の青年時代のリベラルな視点が明らかに見えてくる。それではこのリベラルな視点が作品にはどのように描かれているだろうか。南吉のそういった視点が反映され、南吉のプロレタリア階級に対する愛情がよく具現化された作品は「塀」である。「塀」は南吉が「青春日記」を記録したその翌年の一九三四年に発表されたので、三三年の「青春日記」に見られるような社会性の強い傾向が作品にそのまま投影されたと見てもよい。いってみれば「南吉作品中、唯一の思想小説[20]」であり、プロレタリア作品と見てもさしつかえなかろうが、作品の後ろに「原稿一枚欠」、「原稿六枚欠」と記されているように未完である。しかし全体のストーリーに影響を及ぼすほど断絶されているのでもなければ、読むのに支障があるのでもない。ほとんど完結した作品と見るのが無難だろう。

ストーリーは、主人公新が同級生音治の大きな屋敷のある自宅に起居する音治の親戚である少女那都子を見つけ、一目ぼれをしてしまう事件を軸に展開される。新は綺麗な那都子に並々ならぬ関心を持って学校が終わると、竹馬に乗って音治の自宅を覗き込む日常を繰り返す。那都子に対する好奇心からも新は、音治と親しくなろうとするのだが、ある日音治と面子遊びをして新が勝つと、音治の父親音右衛門が入り、「貧乏人は何でも人のものを取りやがる」といいながら返せという。新が断わると、音治の父親は新を侮辱し、新はその言葉に大きく傷を受け、金持ちと貧乏人の間に存在する壁（塀）を感じる。また町の風呂場でも音治の小作人和次郎と青年青木が交わす対話（地主と小作人の間には除去できない壁（塀）があるという内容）を聞くことになる。風呂場で青木が小作料の問題で村の人々のストライキの必要性について説明すると、和次郎もその意見に同意を示す。しかし、翌日和次郎は警察に密告し、青木は逮捕されてしまう。新はブルジョア階級の搾取の構造とプロレタリア階級の限界（塀）を実感せざるを得ないのである。

南吉は果たして新を通じてどのようなメッセージを読者に伝えているのだろうか。新は音治だけではなく那都子との関係においても貧乏人としての哀歓と、貧富の格差からもたらされた淋しさを感じずにはいられない。それが現実に対する挫折感として現れ、階級の葛藤を呼び起こし、人間性を抹殺しているのであり、作者は如実にそういった場面を読者に見せつけている。南吉は「青春日記」に示したプロレタリア文学への興味をいかなる形にしても自作に反映し、ブルジョア階級とプロレタリア階級の乗り越えることのできない壁＝塀を提示しようとしたのだろう。そうすることによってその不平等の構造を告発しようと思ったに違いない。「塀」にはそのような意図が赤裸々に露出されているといえよう。

しかし、注目したいのは、南吉はこの作品で青年青木のようなプロレタリア階級の勝利として結論を付けてはいない点である。南吉は新の目を通じて貧しい人達（労働者・農民）の淋しさと悲しみを真正面から取り上げそれを直視する。そしてその淋しさと悲しみが打破できない現実に疑問の視線を送っているといってよい。つまり南吉は「塀」を通じて庶民と弱者側に立って、権力層や既得権勢力が作り上げた格差社会の矛盾に異議を提起するために必死の戦いを繰り広げたわけである。

「塀」は全集のほかには入っていない。だからこれに注目し、「従来の公式的なプロレタリア文学から脱皮しようとした意欲的なこの作品が正しく位置付けられず、忘れられていることは残念です[21]」という説が出るのも当然だろう。だが、南吉が一貫して左翼文化運動に関わってはいないとはいえ、彼の知られない傾向を理解するには必要不可欠な作品であるに違いない。南吉は生涯を通じてプロレタリア思想に執着しその視点から作品活動をしたわけでもなければ、左翼活動に献身した作家でもなかった。一時期であったものの、資本主義の矛盾が生み出した歪んだ社会の現実を暴き、こうした作品を執筆した事実を新たに認識する必要があるだろう。社会主義と左翼文学に対する権力による弾圧が厳しかった当時、その時代の産物として生まれたものとして理解するのが妥当である。

ただ驚かざるを得ないことだが、南吉の死後、彼の遺品の中から『赤旗（せっき）』が出た事実を知っている人は専門家以外に多くないだろう。[22] このことは、南吉が晩年にも非合法団体とされていた日本共産党が出した機関誌を持ち歩いたことを証明する。彼はなぜ『赤旗』を持っていたのだろうか。東京外大在学中にプロレタリア運動に熱心だった友達と交流があったことが契機になり、思想的な関心が「左」だったことについてはすでに言及した。その時身につけた革新的思想を完全に捨ててはいなかったからではないか。持っているだけで治安維持法違反で警察に捕まる時代だったのに、世を去る時まで『赤旗』を持っていたのは、彼が晩年にもリベラルな視点を保っていたからにほかならない。その視点が「まわりの動きを冷酷なほどに醒めて追う視線[23]」を失うことなく、彼の内部に奥深く根を下ろしていたといえよう。

五　反戦平和の童話「ひろったラッパ」

南吉の童話の中で、だれが読んでも反戦平和の主題が見出されると思えるような作品は「ひろったラッパ」である。「ひろったラッパ」は、「塀」を執筆した翌年の一九三五年に書かれた作品で、「塀」の「この精神の昂揚が童話「ひろったらっぱ」につながっていった[24]」といえる。この時期の南吉の透徹した意識は、日本の膨張主義政策に反対する方向に向かいつつあった。当時「ひろったラッパ」が公開されず、南吉の死後、つまり戦後になってから出版された事実を念頭におく必要があろう。[25]

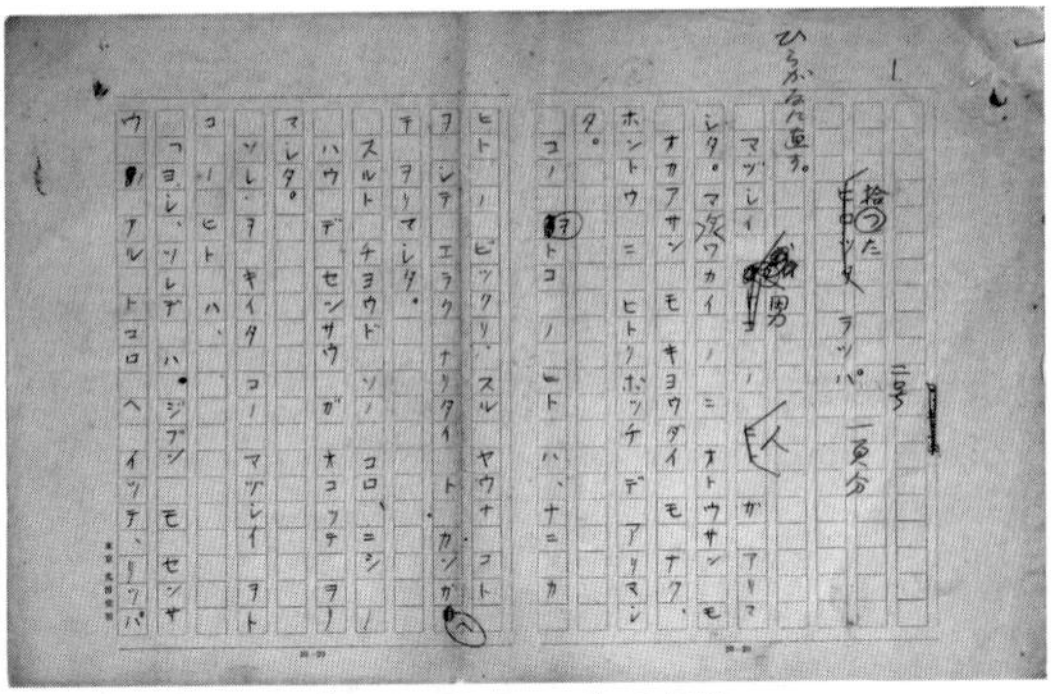
ひろった ラッパ
マヅシイ 男 ノ ヒト ガ アリマ
シタ。マダ ワカイ ノ ニ オトウサン モ
オカアサン モ キョウダイ モ ナク、
ホントウ ニ ヒトリボッチ デ アリマシ
タ。
コノ 男 ノ ヒト ハ、ナニ カ
ヒト ノ ビックリ スル ヤウナ コト
ヲシテ エラク ナリタイ ト カンガヘ
テ ヲリマシタ。
スルト チヨウド ソノ コロ、ニシ
ノ ハウ デ センサウ ガ オコッテ ヲ
リマシタ。
ソレ ヲ キイタ コノ マヅシイ ヲト
コ ノ ヒト ハ、
「ヨシ、ソレデ ハ ジブン モ センサ
ウ ノ アル トコロ ヘ イッテ、リッパ

「ひろったラッパ」の原稿

この童話では貧しい若者が主人公として登場する。この若者は何か他人を驚かせるようなことをして偉くなりたいと思っており、西の方で戦争が起こったことを知った彼は、戦争に出て手柄を立て、立身出世しようとする。「戦争はどちらですか」と村の人に戦争の現場を尋ねながら旅に出た若者は、大砲の音を聞き、勇ましい音と感じ、ある村の畑のそばにある草屋根の小屋に入って寝ながら大将になり胸に勲章を並べる夢を見る。その畑にラッパが落ちているのを見つけた彼は、戦争にラッパ手として出て立派になることにする。しかし、ある家の年寄りから「戦争はもうたくさんです。戦争のために私たちは畑をあらされ、食べるものもなくなってしまいました」という言葉を聞く。この言葉に目が覚めた若者は戦争に行くことをやめて、「そうだ、この気の毒な人々を助けてやらなければならない」と誓う。そして、朝一番早く起きて畑の丘の上に登ってラッパを吹き、村の人々は元気を出して働き始める。

このように話の筋を追うとまさに反戦童話である。南吉は一九四一年に起こった満州事変を意識しながら[26]日本帝国主義の戦争が拡大する時代の潮流に逆らって、この作品を通じて戦争に反旗を翻し平和の重要性を訴えたのである。この事実は彼が、当時時勢に妥協するとか軍国主義の雰囲気に便乗せず、いかにすれば平和を取り戻すか、どうすれば作家として戦争が続く現実を告発し、みんなに警鐘を鳴らすことができるのかと、悩み続けたことを裏付ける。

日本軍（関東軍）が満州を占領し、一九三二年満州国建国を宣言したものの、満州は日本権力が統治しており、日本の植民地のような状況だったことを、彼はだれより知っていたはずである。にもかかわらず、「ひろったラッパ」の執筆前後、日本は国際的孤立の道を歩みながら侵略行為をやめず、中国農民の土地を収奪するなどの蛮行を行い、これに抗う東北抗日義勇軍を徹底的に抹殺しようとした。南吉はだれよりこういった日中の情勢に自覚的だったといえよう。南吉のその視点が「ひろったラッパ」には十分反映されているといってよい。

しかし、「張紅倫」と「アブジのくに」を書いた時を経て、東京外大に入学して交流を広げ「青春日記」を書き、またその後「塀」と「ひろったラッパ」を執筆するに至るまでの一連の過程とは違うように見える南吉像についての言及があることを想起せざるを得ない。特に一九四一年以降の作品は戦時体制下で日本政府から文化統制を受けたのであり、南吉の戦争観に乱れが見えると判断される余地のある作品がなくもない。大東亜戦争・太平洋戦争の時に戦争に非協力的な人は「非国民」と見なされたわけで、少ないとはいえ、南吉に「時局的要素をふくんだ作品」[27]もあるのを否定することはできない。

かつて関英雄は「太平洋戦争下の四二年に至る最も暗い時期の日記には、息詰まる時世の中での自己凝視の章節や戦争の日常化への醒めた考察の文言が見られる」と評価しながらも、「耳」「ごんごろ鐘」の結末、「貧乏な少年の話」の主題を取り上げ、「すさまじい時勢の圧力下での南吉の思想的動揺である」と叙述したことがある。(28) さらに細谷建治は上記の作品を分析しながら「戦争批判者南吉という把え方が、どれほど南吉の内発的な力を無視しているか」(29)と問題を提起しているし、都築久蔵は、牧書店版『新美南吉全集』八巻に肯定的な視線から南吉を評した巽聖歌・滑川道夫の解説に異論があると述べたうえで、南吉の「戦争観を評価するなら、無関心・無抵抗は、結果的には、時局順応以外何物でもなかった」(30)という結論を出している。

こういった論に対して下田忠は「戦争に関わる素材を取り組んだ諸作品に共通して見えるものを「諷刺」としてとらえ、南吉の「醒めた目」を強調しているし(31)、佐藤通雅は「南吉にも空疎におちいりそうな二、三の作品のあることは」「のべたとおりだが、にもかかわらず根本において他にゆずりわたすことのできない個を確実に保っていた」(32)と主張するなど、様々な見解が出されている。

もちろん南吉は北原白秋の門下でもっとも親しかった巽聖歌に依頼され、北原の死後、北原を追悼する意味を込めた『少国民のための大東亜戦争詩集』（一九四四年）の編集のために戦争詩を発表したことがある。(33) そして、先にも指摘したように太平洋戦争が本格化した時期に執筆したいくつかの作品で時局に迎合したと断言できないとはいえ、二面性と思わせるような内容を書き残したことも否定できない。(34) 日記でも（一九四一年八日）太平洋戦争の起きた感想を南吉は、「金魚屋の前で山崎の親友に一緒になつた。彼の口からいよいよ対英米宣戦が行はれたことをきいた。(略)いよいよはじまつたかと思つた。何故か体ががくがく慄えた。ばんざあいと大声で叫びながら駆け出したいやうな衝動も受けた」というような曖昧な感想をもらしている。安城高女時代には教員として勤労奉仕作業に対する協力を拒否することはなかった。

このように辿っていくと、一九二九年初から三〇年後半までの南吉像とはズレがあるように見え、時には彼の戦争観において一貫性に欠けた部分を注目する論究が出るのも一理あるかもしれない。要するに太平洋戦争が深化するとともに日本政府からの文化統制も強化されたのであり、南吉もそれに逆行するような鮮明な対応はできず、時には普通の日本臣民の立場から言葉を発する時もあったと見てよかろう。

しかし、実をいうと日本の戦争深化とともに戦時体制下に心の揺れが感じられるとはいえ、南吉ほど自意識を持ってその激動の時代に敏感に反応した作家はそれほどいなかったのではないか。実は南吉には三〇年代後半からも重要な時に鋭い批評を加えた文章がある。たとえば、南吉は一九三八年十一月十八日の日記に「日本の子供達が十人が十人まで、兵隊好きであるといふことと、日本の大衆が殆んどミリタリストであるといふことは、明治の頃の教育、又は国家思想、ミリタリズム宣伝の結果だと思はれる」と表現し、軍国主義に対する違和感を明らかに指摘している。その翌年の三九年一月二十二日のノートにも「不安の時代、モラルのない時代、モラル模索の時代に自分は青年多感の時を生きて来た」と回顧し、四〇年の二月十五日の日記には次のように述べている。

門の前に国旗をはためかせ、日本精神と大きな見出しのもとに……中将……修養団長といふ肩書の講演者がしるされた看板が立ち、昨日午後われわれの講堂で講演会が行はれた。この頃はやりの何でもかんでも日本は有難いくに、よい国、なんでもかんでも西洋は個人主義の嫌らしい国といふ千ぺん一律の話をする。くそ面白くない会の一つだ。僕等は講堂に会場を作る手伝ひにいつた。（略）何と辛抱強い聴衆だらう。四時間、五時間、うす暗くなりかけた頃、講堂の方にあたつて萬歳三唱の声が聞えた。みんな日本のよい国であることを納得し、ついに会は終をつげたのだ。現代日本の風景。何といふ暗い、何といふ非文化的な。

講演会の風景を見て厳しく批判している場面だが、まるで漱石の「私の個人主義」の内容を連想させるような文明批評的な語り口である。南吉は「国旗」「日本精神」「日本のよい国」などの国家主義が叫ばれる現場での「現代日本の風景」を非常に抵抗的に見ており、また「暗い」「非文化的な」場面として強く批判している。いわば、日本の軍国主義や国家イデオロギー、あるいは「日本精神」などを強調する場に接すると、厳しい言辞として表現しているのであり、漱石が考えた如く南吉も国家がいかに個人の自由や個性を抑圧するか、と問い続けそれに警告を下したのである。

四一年十月二十七日にはさらに政府の言いなりにはならないという視点から自己アイデンティティを強く主張する発言をしている。南吉は「政府がA曲を吹けといえばいやでもA曲、B曲をふけといえば嫌いでもB曲を吹かねばならぬ。いま政府がA曲を吹けといっているとき、自分の好きな曲だからとて、Z曲を一人吹いたら、政府は僕をどのように非国民呼はわりするだろう」と力説した。いうことを聞かないと「非国民呼ばわり」をする政府を批判すると同時に人間性まで踏みにじって国家を強調する雰囲気に皮肉を込めた表現であるに違いない。「日本の大衆がほとんど全部ミリタリストであるということは、明治の頃の教育、又は国家思想宣伝の結果だと思われる」（一九三八年十一月十八日の日記）と述べた時と比べれば一層発展した国家主義批判であるといえよう。

南吉は多くの作家たちが時代的雰囲気に乗り、大陸侵略を煽り立てる論調を見せた時にも、曖昧な表現があるにせよ、真正面から帝国主義戦争を強く支持したり、それにまったく賛同したりするような作品は執筆していない。人によって意見は異なるが、筆者はどちらかというと、「表面的には当時流行の時局童話をよそおいながらも底流にふかい批判をこめている[35]」という説などを支持したい。

だから、南吉の戦争観をいう時には、時期を区分して考える必要があろう。南吉の青春時代と太平洋戦争の時期は、社会的雰囲気が違ったわけで、青春時代に書いた南吉の直接的表現は戦時体制下にはより間接的な表現として作品に刻まれることになったに相違ない。しかし、曖昧さが問われる作品にしても帝国主義戦争に全面的に賛同する表現はなく、「主題が時局に協力するとか、批判するといったものではな」く、「時局便乗の形式主義を風刺しひにくっているもの」[36]と解釈して無難かもしれない。この諷刺こそ戦時体制下を生きる南吉の最善を尽くした表現だったといえよう。

筆者が環境と時代を超越して描いた初期作品、そして南吉の青春時代の視点、そして貴重な反戦童話「ひろったラッパ」に焦点を当てる理由はここにある。「ひろったラッパ」に戻ると、何より、その時代（一九三五年）に反戦テーマを直接的に描いた「ひろったラッパ」のような童話は、当時の日本には存在しない。その時代は、太平洋戦争下ほど文化統制が厳しくなかったとはいえ、朝鮮植民地期であり、日本の中国侵略にも一般人は日本の大陸政策にしたがい、拍手を送ることが国民としては当たり前に思われる雰囲気だった。この時に反戦論を展開すると非国民とされ、監視と弾圧を受けざるを得ない身になるにもかかわらず、南吉は見事に「ひろったラッパ」という反戦童話を書き上げたのである。日本帝国主義の戦争時代を生きる作家として目覚めた意識の先覚者でなければできない話であるといえよう。

「アブジのくに」「張紅倫」「塀」、そして「ひろったラッパ」を書いた時の南吉こそ彼本来の姿ではないか。「ひろったラッパ」から、当時二十一歳の青年だった南吉の平和主義者としての面貌をうかがい知ることができるのである。

六　おわりに

新美南吉は中学生だった十六歳〜十七歳の若き時代、日本の満州支配が進む中、「張紅倫」を通じて中国人と日本人との交流を描き、日本の朝鮮植民地支配下に「アブジのくに」を通じて朝鮮人と日本人との交流を描いた。南吉は、東アジアでの情勢を意識しながら異民族の庶民に連続して注目したのである。しかし彼の書き方は、普通の日本人作家とは少なからぬ差があったように思われる。つまり、自国民ではなく被支配層の異民族であるにもかかわらず、朝鮮人と中国人を主人公として登場させ、ヒューマニズムの視点から非常に友好的に書き入れたからである。

南吉の墓地
（半田市内の北谷墓地に眠っている）

日本側から見れば、大陸侵略を行い支配者の立場だったので、当時朝鮮人や中国人に対して優越感を持って彼らに接するのは当然である。しかし、南吉は権力関係と階級、そして日本の大陸政策を支持せず、あえて朝鮮人や中国人に暖かい視線を送り、彼らを善人として描いている。童話といえども、物語の意外性や常識破壊の展開などの点を取り上げるまでもなく、数少ない稀な作品である。そして東アジアでの歴史をめぐっての論争が絶えない今日の視点から見ても、平和のテキストとして読める作品であり、人間にもっとも重要なものは何かという、大切なテーマを含んでいるといえよう。「南吉自身も、当時南吉と親交のあった人たちも、戦後、これだけ多くの人びとにその作品が親しまれるようになるとは、考えも及ばなかったことであろう[37]」が、日本だけではなく、韓国でも中国でも当時彼が発信した普遍的人間のあり方についてのメッセージを読み取ろうとする読者は増えるに違いない。

一方、南吉は、疎外された労働者階級の問題も常に意識していたように思われる。日記などに見られる如く、資本主義社会に生きながらその社会が抱える構造的な矛盾のために被害を受けている階層に関心を注いだ。そのようなリベラルな視点から描くことによって、地位と身分を離れて人間の尊厳を強調し、社会的不平等の問題を同時代の人々に告発した。そこにその暗黒時代をいかに生き抜くか、と苦悩する南吉像が見い出されるのである。

したがってそのようなグローバルな角度から描かれた「アブジのくに」や「張紅倫」「塀」「ひろったラッパ」などの作品は、新たに評価されるべきであろう。人類の普遍的な価値を最も重要視したこれらの作品群から、当時日本帝国主義の植民地政策によって様々な犠牲を払わなければならなかった東アジアに生きた人々と、日本の庶民を見る南吉の独特な視点をうかがい知ることができるからである。

注

（1）金正勲訳『新美南吉童話選――「アブジのくに」ほか――』（KDBooks、二〇一五年）が韓国に紹介されている。

（2）たとえば、下田忠「新美南吉童話への一視点――戦時体制下の童話作家――」（『解釈』一九八八年十月）四九頁には「三重吉によって『張紅倫』と改題され「赤い鳥」一九三一年十一月号に載せられた」という記述がある。

（3）出典は巽聖歌『新美南吉の手紙とその生涯』で、引用は『校定　新美南吉全集』第二巻（大日本図書株式会社、一九八〇年六月）の「解題」（四一五頁～四一六頁）からである。

（4）西田良子『日本児童文学研究』（牧書店、一九七四）を参考していただきたい。

（5）関英雄「「張紅倫」論――その思想――」（日本児童文学別冊『新美南吉童話の世界』一九七六年）一五九頁。

（6）竹尾利夫「新美南紀童話論――「張紅倫」について」（『名古屋女子大学紀要』二十九、一九八三年）二六六頁。

（7）下田忠「新美南吉童話への一視点――戦時体制下の童話作家――」（『解釈』一九八八年）五六頁。

（8）同注（5）一六一頁。

（9）同注（5）一六二頁。

(10) 佐藤明夫「社会をみつめ平和を願った南吉」(『知多　不屈の歴史』二〇一〇年) 六二頁。
(11) 同注(10) 六二頁参照。
(12) たとえば、外村大「日本帝国における移住朝鮮人労働者問題」(『日本労働研究雑誌』二〇〇七年) 九二頁には「一九二〇年半ば以降、内務省が主導しつつ、朝鮮総督部との共同で朝鮮人の日本内地移動を管理する政策が実施されることになった。重点が置かれたのは言うまでもなく、労働市場で価値がなく社会問題の原因を作りかねないと見なされた朝鮮人について日本内地流入を阻止することだった」と記してあるので、当時日本で働いていた朝鮮人労働者に対する待遇がいかなるものであったか、想像できよう。
(13) 同注(10) 六二頁。
(14) 南吉の母の体験にもとづいて書かれたとみる見解などを意識すると、南吉は母と朝鮮人労働者が交流する場面を目撃したのではないかと予測することができる。
(15) 同注(5) 一六二頁。
(16)「南吉が描いた友好今こそ」(『中日新聞』二〇一四年八月十七日)
(17) 広瀬貞三「三信鉄道工事と朝鮮人労働者―『葉山嘉樹日記』を中心に」(『新潟国際情報大学情報文化学部紀要』四、二〇〇一) などに詳しい。
(18) 佐藤通雅「戦時と新美南吉」(『日本児童文学』一九七一年十二月) 五六頁。
(19) たとえば、森山茂徳は「日本の植民地支配と朝鮮社会―植民地統治と朝鮮人の対応」(日韓歴史共同研究委員会編『日韓歴史共同研究報告書　第三分科篇』上巻、二〇〇五年）で、時期を三期に分け、この時期の統治政策の特徴として「満州国防衛のための朝鮮北部開拓、そして、外敵を利用した朝鮮人の民族意識の戦争遂行への誘導であった」点を取り上げている。日中戦争に朝鮮人を動員するための同化政策だったともいえよう。
（20）保坂重政「青年南吉の思想を知る作品」（『ひろった　らっぱ』にっけん教育出版社、二〇〇三年）二九頁。
（21）同注（10）六四頁。
（22）『愛知民報』二〇一三年九月二十二日付は「新美南吉と「赤旗」（せっき）生誕一〇〇年　いま、あらためて」という題を付け、南吉死後、彼の遺品から「赤旗」が発見されたことを大きく取り上げている。その報道によると、「「赤旗」を所持していたことが表に出たのは一九八九年頃」で、「岩滑に住む日本共産党の半田市議員だった土井勝己」氏が「南吉の遺品を整理していた市職員から私に話がありました。『赤旗』があると」と証言したという。
（23）同注（18）五六頁。
（24）保坂重政「青年南吉の思想を知る作品」（『ひろった　らっぱ』にっけん教育出版社、二〇〇三年）二九頁。
（25）すでに保坂重政は同注（20）でこれに注目し、作品が書かれたのは一九三五年なのに、「この作品が初めて活字になったのは、南吉の死から五年目、終戦後の一九四五年（昭二十三）のこと」と述べている。

(26) 佐藤明夫は同注(10)六五頁で、「ひろったラッパ」を分析し、「「孤独な若者」とは日本をさし、「西の戦争」は満州事変をさす」と述べているが、この意見に異議はない。

(27) 滑川道夫「解説　晩年(戦争中)の創作活動とその作品群」(『新美南吉全集』三巻、牧書店、一九七二年)二八三頁。

(28) 関英雄「南吉童話に現れた戦争の影」(『日本児童文学』一九九〇年八月)四三頁。

(29) 細谷建治「ふたたび偽装を問う―新美南吉にとって戦争とは何であったか―」(『日本児童文学』一九七四年二月)四八頁。

(30) 都築久蔵「戦時下の南吉―その戦争観を中心に」(『日本児童文学』一九六八年十月)三〇頁。

(31) 同注(7)。

(32) 同注(18)。

(33) 同注(7)五四頁などに詳しい。

(34) 「南吉作品のもつ二面性」について言及した服部裕子「戦時体制と新美南吉―言論統制・文化統制の視点から―」(『文化科学研究』一九九六年三月)などの研究がある。

(35) 同注(27)二八三頁。

(36) 同注(27)二八三頁。

(37) 赤座憲久『再考　新美南吉』(エフェー出版、一九九三年)一〇五頁。

付記　韓・日青少年平和交流を振り返る
――韓・日作家紹介の視点より――（一）

第五回目の「韓・日青少年平和交流」に参加、名古屋に足を運んだのは二〇一四年八月七日～十日のことだった。

一九九八年、戦争時代に被害を受けた元朝鮮女子勤労挺身隊の少女たち（現おばあさん）の支援活動を目的に結成された日本の市民団体「名古屋三菱・朝鮮女子勤労挺身隊訴訟を支援する会」が二〇一〇年、韓国の市民団体「勤労挺身隊ハルモニと共にする市民の会」（二〇〇九年結成）に韓国の青少年たちを招聘、交流したいと提案し「韓・日青少年平和交流」は始まった。

その後、光州と名古屋の青少年たちは、相互に訪問を行いながら韓・日平和の価値を実現するために友情を培ってきた。で、もう五回目を迎えたわけだ。光州市教育庁（教育委員会）からの支援がなければできなかっただろう。予算編成の難しさを抱えているにもかかわらず、韓・日青少年交流に毎年大きな金額を支援する光州市教育庁に感謝の気持ちを抱かざるをえない。本当に心からありがたかった。

教育庁の支援もあるので、当然光州市所在の高等学校の学生が優先的に選ばれた。多くの学生が日本人学生との交流に参加したいという希望を出したところ、面接を通じて選ばれた学生は十八人。それに歴史意識の強い京畿道の高校生二人が加わった。

光州市庁（市役所）前から仁川国際空港に向かって出発するために待機していたバス。そして、引率の先生四人と光州の高校生十八人を見送りに来た学父兄たちを見つけ、私は重い責任感を感じずにはいられなかった。一昔前、大学の語学研修プログラムがあり、大学生たちを引率した経験があるとはいえ、高校生たちを連れて日本に行くのは初めてのことだ。

ほかの三人の先生に甘えることにしても（通訳の先生もいたので）自分の果たす役割がたしか与えられるだろうと思うと、若干の緊張感が湧いてくる（八月七日、午後二時半から名古屋名南ふれあい病院近くの会館で韓・日交流参加者たちに「安重根に影響を受けた日本人たち」というテーマで講演することになっていた）。

私は出発前、こちらの市民団体の事務局長に「韓・日青少年交流資料集に載せたいので文章を送れ」といわれ、「みなさんが、まさに平和のメッセンジャーです」という題で次のように述べたことがある。

韓・日の未来を担う青少年たちは、過去の歴史を直視、その土台の上に立って韓・日友好増進をはかる努力が切実だと思います。（略）「韓・日青少年平和交流」はそのような意味を実践に活かすよい機会となるでしょう。日本の作家帚木蓬生は、『三たびの海峡』（十四回吉川英治文学新人賞に輝いた作品）を通じて若い青年に「不幸な歴史を繰り返さないためにも、海峡を挟む二つの民族の優しい懸け橋になって欲しいのです」と強調しました。（勤労挺身隊の懸案もそうですが）その不幸を繰り返さないために教訓として受け入れ、韓・日未来を開こうというメッセージこそ真理ではないでしょうか。韓・日青少年平和交流に参加する皆さん！　こうした韓・日友好精神のもとに心の門を開き日本の青少年たちと交流しましょう。みなさんが、まさに平和のメッセンジャーです。（「二〇一四年　韓・日青少年交流資料集」五頁に収録）

思い出せば帚木蓬生は『三たびの海峡』で、戦前日本に徴用され一緒に働いていたが帰国せず日本に定着した同僚の徐鎭徹から一通の手紙をもらって、四十七年ぶりに海峡を渡る河時根を主人公とした。河時根が日本に入るために釜山から船に乗って海峡を渡る理由は、戦争時代あらゆる方法で韓国人労働者を苦しめた山本三次がN市長選挙で四選目を狙う目的下に、市の南側にあるボタ山やその周りの廃鉱跡を壊し、企業を誘致しようとするからである。

しかし、そのボタ山には太平洋戦争の時に強制徴用され、重労働に苦しめられ犠牲となった被害者たちの墓と位牌がある。河時根は海峡を渡って、自分と日本人女性との間に生まれた子、時郎の協力を得る。そして市長選挙の公開討論会で山本の過去を暴くことによって、ボタ山を壊して加害の歴史を消そうとする山本に打撃を与え復讐する。

帚木は精神科医で、病院生活を素材にした作品や心理小説を発表しながら、韓国人被害者の証言や医療対話などを通じての経験を活かし、強制徴用の問題に焦点を当てた歴史小説の執筆にも心血を注いだつもりだったのではないか。が、何より作者が主人公を通じて自分の血肉（いわば韓・日の架け橋の子）を分けた息子に言い残した遺言に注目せざるを得ない。韓・日の未来を担う青年に対するメッセージとして受け取られるからだ。

「生者が死者の遺志に思いを馳せている限り、歴史は歪まない」

真の意味での韓・日友好はこうしたものではないか。過去はいくら歪曲しようとしても美化されるのでもなく、いくら消そうとしても忘れられるわけでもない。不幸な過去を二度と繰り返さないように辛い思いを率直に教訓として受け止めながら手を携えてともに未来に向かっていくのが真の友好であるに違いない。作家は、『三たびの海峡』でその真意を的確に提示していたと思われる。

実は帚木自身が父親の過去につらい思いを経験した人である。戦争時代、帚木の父は香港で憲兵をやっていたのであり、日本が戦争に負けると彼の父は戦犯として日本の警察に逮捕されたからだ。帚木は、父は国の命令で香港に送り込まれ、「スパイの役割を担わされました。民間人を取り調べ、対象には英国人も含まれた。戦争ですから暴力もあったでしょう。（略）その行為が戦後になると犯罪とされた」（『朝日新聞』二〇一四年八月六日付、「戦争を想像する」というインタビュー）と証言している。

帚木は家族のことなのにその過去を決して隠そうとはしなければ消そうともしない。むしろ、真正面から社会的メッセージとして一般の人々に堂々と発信しているわけだ。父親のことを知る人から直接そういう話を聞いて、『逃亡』という作品の執筆にも至ったらしい。だから『三たびの海峡』でも作家としての良心が韓国人徴用者に目を向けさせ、「自らの歴史を、どうとらえ直すか」と、内部のほうに省察の目を投げかけていたともいえよう。

韓国人徴用者の問題が公の場で捉えられる雰囲気ではない日本で『三たびの海峡』が何十刷も増刷になるほど読まれる理由は何だろうか。

中部国際空港に着いたのは七日十一時過ぎだった。名古屋ふれあい病院近くの会館行きのバスの中で日本の高校生は、韓国の高校生に代わる代わる自己紹介をした。日本の高校生の数は韓国の高校生より少なかったが、言葉が通じないだけに芸能人の真似をしながら好奇心を表現するなど楽しそうな顔をしていた。

わが青春像はどうだったのか。これほど活気溢れるものではなかったのではないか。空港に迎えに見え、私の隣の席に座っていた中京大学の先生と私は、羨望の眼差しで彼らを眺めるしかなかった。

会館に到着後の昼食。日本の弁当を現場で食べるのが初めての韓国の学生が多かった。だが、韓国高校生の自己紹介をかねての時間だったので、みんな美味しそうに食べながら紹介者に注意を払っていた。昼食後の懇談会の時間にはあの時代、三菱重工名古屋航空機製作所・道徳工場で働いていた村松寿人様からの体験談が披露された。

「東南海地震と三菱に動員された勤労挺身隊の話」という内容で、重い空気に包まれた会場の雰囲気だったが、歴史の片鱗に触れる話であるだけにみんな真剣に聞いている。これこそ生きた教育になるだろう。通訳を挟んでの講演だったとはいえ、韓国では到底聞けない大事な話だったに間違いない。

その後、参加者たちは「名南ふれあい病院」構内北側花壇に設置されている「東南海地震被害者追悼記念碑」にそれぞれ拝礼し、献花した。その記念碑には一九四四年十二月七日に発生した東南海地震でなくなった（旧三菱名古屋航空機道徳工場倒壊による）犠牲者五十七名の名前が刻まれていた。

記念碑は一九八八年、道徳工場跡地を受け継いだ日清紡構内に立てられたが、二〇一二年医療法人名南会が移設受け入れを許諾したらしい。「悲しみを繰り返さぬようここに真実を刻む」。記念碑に書かれた語句から辛い歴史を風化させることなく、戦争の悲惨さや人間の真実をそのまま伝えようとする素晴らしい精神が窺えた。日本の良心は生きているのだ。

第六章　文炳蘭《ムン・ビョンラン》の詩と作家精神

―反戦と抵抗そして統一―

一　はじめに

日本で文炳蘭（一九三四～二〇一五）を知っている人は少ないだろう。文炳蘭は、軍部独裁体制が民衆を弾圧する暗鬱な時代にたじろがぬ姿勢で文筆活動に打ち込んだ詩人である。文炳蘭はたたかいの人だった。

『ニューヨークタイムズ』特集版（一九八七年七月三十一日）は、韓国の民主化が実を結んだ「六月民主抗争（1）」の後、「火炎瓶の代わりに詩を投げた韓国の抵抗詩人」として高銀《コ・ウン》、金芝河《キム・ジハ》、鄭喜成《ジョン・ヒソン》、梁性佑《ヤン・ソンウ》とともに文炳蘭を紹介している。韓国の『東亜日報』（一九八七年八月十八日）は、その記事を抜き出し、「去る三十一日、『ニューヨークタイムズ』は「火炎瓶の代わりに詩を投げた韓国の抵抗詩人たち」を紹介した。高銀、金芝河、文炳蘭、鄭喜成、梁性佑などに受け継がれる「民衆詩人」が韓国の民主化を先導してきた」と報じている。文炳蘭に対する評価をうかがい知ることができるであろう。

文炳蘭は信念を持って志を貫く教育者でもあった。教育現場に身をおいてから決して不義不正に妥協せず、職位や出世に目もくれなかった。朝鮮大学の朴哲雄一家の反民主的な経営に憤った彼は、教授職を辞した。それから高等学校教師や予備校講師の仕事を転々とした。経済的には苦しかった。一九八八年、ようやく朝鮮大学の民主化が成し遂げられ、朴哲雄一家が学校経営の第一線から退くと、周辺の人々からの要請によって朝鮮大学国語国文学科に復職した。

光州民主化運動追慕式で（1992 年）

一九八〇年には「光州《クァンジュ》民主化運動＝光州五・一八民衆抗争」の背後操縦者（背後から煽動した者）として指名手配された。麗水の教え子の家で一カ月ほど隠遁生活をしたが、六月二十八日に自ら警察へ出頭した。そして九月中旬に起訴猶予処分を受けた。文炳蘭はその後も全斗煥軍事独裁政権のもとで、「光州五・一八民衆抗争」（以下略して「光州民衆抗争」と表記）の正当性、その真相や歴史的意義を知らせる講演、コラム、追慕詩（光州民衆抗争犠牲者への）発表などの実践運動と文筆活動を展開した[2]。

本章では、このように熾烈な生を生きながら常に正義の側に立ち、権力に立ち向かうことをためらわなかった文炳蘭の抵抗意識が彼の詩と文学世界にいかに形象化されているかを究明したい。そして、彼が社会文学に足を踏み入れてから統一文学に対する執念を持つに至るまで、その背景と活動を探ることによって、一貫して不屈の闘志で民主と統一を歌う作家精神に迫りたいと思う。

二　成長過程と社会参与の胎動期

文炳蘭は一九三四年全羅南道和順郡道谷面《ファスングントコクミョン》に生まれた。漢学の造詣が深かった父親から文才を譲り受け、幼い時から創作に優れた才能を発揮した。小学校時代には、和順群近くの光州に転学し童謡を作ったが、担任先生や文芸担当の教師から褒められた。その時彼が作った童詩が音楽専門家に選ばれ作曲されたというので[3]、この事実はそれだけに彼が先天的な感性を持って生まれたことを裏づける。

一九四五年の八・十五日、韓国は植民地時代に別れを告げた。しかし、そのわずか五年後には韓国戦争（日本では朝鮮戦争）が勃発し、全土が戦火につつまれる。無数の惨劇が起こった。人びとは戦火に追われて逃げまどい、筆舌に尽くしがたい悲しい運命が人びとを襲った。休校令が発令されたのを機に、十五、六歳だった文炳蘭少年は、和順の郷里に避難し、家計を支えるために農作業を手伝いながら学齢期を過ごした。家は貧乏だったが、幸い周りの人の世話を受けて郷里の中高校に編入、一九五六年和順農業高等学校を卒業する。

彼が本格的に文学修業を受けるのは、詩人金顯承《キム・ヒョンスン》（当時朝鮮大学教授）に師事するために朝鮮大学文理大文学科に入学してからのことである。文炳蘭はその文学的才能を発揮する機会を得たのである。

大学二年生の時入隊し、兵役を終えてから（その間にも金顯承先生から手紙などを通じて指導を受けていた）、一九五九年金顯承のもとに戻って三年生に復学する。ところで、最初の詩創作の時間のことだった。全ての出席者に「街路樹」という題目で詩を書くようにとの課題が提示された。その時の詩が先生に選ばれ、金顯承の推薦で『現代文学』に「街路樹」が載る。こうして文炳蘭は文壇デビューをはたした。(4) 講義室で書いた詩が推薦作に選ばれたのだ。

行かばや
われらの望み、遠い山頂が見ゆるところへ
渇きの午後に
まちに出たらば
きみとともに並んで歩みたし

きみは五月のフィアンセ、寄りそって立つきみも
われと同じく　故郷は遠し
（「街路樹」より）

街路樹を眺めて感じた感想を書いたもので、金顯承は「ほどよい知性によって形はでき、内容と形式が均衡を達成した詩」という推薦文を書いている。文炳蘭の初期詩は、当然金顯承の影響を受けていたわけで、詩風や詩の傾向は金顯承の詩が持つ叙情的雰囲気や宗教的視点と切り離すことができない。

しかし一方、「金顯承のキリスト教的世界観と、彼が育ちながら得た志操と貞節の儒教的世界観はお互いに摩擦を起こさざるを得なかった[5]」という評も無視できない。たしかに金顯承から影響を受けた言語的形象化の手法を通じて追求されるモダニズム的傾向は、それだけにとどまることはなかった。そこに文炳蘭の生まれ育ちながら受けた教育や品性が混ぜ込まれ、文炳蘭の詩は新たな方向に向かって進むことになる。

文炳蘭の最初詩集『文炳蘭詩集』（一九七一年）の傾向を見ると、その点が確実に見えてくる。たとえば白洙寅《ベク・スイン》は、『文炳蘭詩集』を例に「初期詩の特徴と詩的変貌の可能性」について触れ、「言語意識に基づいた美しい抒情指向から出発し、実存的孤独をへて、現実状況に対する問題意識に

変わっていることがうかがえる[6]」と述べた。文炳蘭の詩は、言語芸術的な、叙情的な形象化の時期に十分磨かれ、徐々に社会的現実を反映するものとして変化していくのである。

文炳蘭が朝鮮大学文学科を卒業したのは一九六一年のことである。その後、順天高等学校、光州第一高等学校の教壇に立ち、韓国語教育を通じて学生達を指導した。一九六九年には朝鮮大学国語教育科に専任教員として赴任するが、一九七一年、朝鮮大学を私物化しようとした創立者の独断的なワンマン経営に失望し、大学に辞表を出して全南高等学校の教師となる。しかし一九七五年、維新独裁政治（朴正熙《パク・チョンヒ》政権）が続く最中、全南高校の教師たちの指導力に不満を持った学生たちのストライキで首謀者とされた学生が退学処分を受けると、その学生に対して責任を感じ、自ら職を辞する。そして予備校に入って浪人生たちの指導に献身するのである。

ぼくは飲み屋で酒ではなく、人の血を飲む
肉ではなく、友達の肉塊を食らう
人間が人間を食う食人の歴史
共に死につつ共に食らいつつ
ぼくたちは文化と呼ぶ
ぼくたちは法や秩序や道徳と呼ぶ
（「宣言」より）

熾烈な競争社会の風潮の中で、資本の論理が共存意識や人本主義の価値に優先する現実の矛盾に対する批判的視点がにじみ出ている。また人間中心の教育が行われるべき教育現場なのに学生達に対する教師の真心がありのまま伝わらず、教師が誤解されたり権力に罵倒されたりするような腐敗した現実に対する嘆きの心境も垣間見ることができる。

道徳と良心をもっとも尊重しなければならない教育現場が弱肉強食の場となり、もっぱら立身出世を目指す人間ばかりを育てるところと化す時、教育者としてのアイデンティティは意味を失ってしまう。文炳蘭が学校教育から離れ、町の教師、予備校の講師になったのは、日ごろ抱いていた自分自身の教育理念とはまったくかけ離れた教育の現実に絶望し、真の教育者として立とうとする信念からだった。人間性を大事にし、豊かな心を育む教育がどうしてできないのか。一体何のための教育なのか。文炳蘭はこうした疑問を持って悩まずにはいられなかった。

町の教師となってから文炳蘭の文学世界は、権力や既得権勢力の反対側にまっすぐに立ち民族、民衆の中へ分け入っていく。

三　『正当性』と民衆詩人としての誕生

文炳蘭が一九七三年に出した第二詩集『正当性』には次のような詩が掲載されている。(7)

正当性（一）

自分の行動について
僕は正当性を探す。

外国留学生のビザの上で
今日の知性は正当性を探す。

もちろん食べねばならず
もちろん排泄せねばならず
できることなら人より豊かに暮らさねばならない。

僕はなぜ彼女を泣かせたのか。

僕はなぜ収入が少ないか。
彼女の唇の上で
僕の唇は何を盗んだのか。
僕たちの愛は正当なのだ。

デモ隊は石ころの中で
民主主義の蘇生を信じ
警察は催涙弾の中に
法の尊厳性を信じる。
すべてのことは正当というわけだ。（略）[8]

一九七〇年代はじめは、韓国で海外留学が流行っていた。資本主義の弊害が露骨になり、若い世代はもっぱら物質的な豊かさを追求することだけを目ざし、そのために外国へ留学に行く風潮が広がっていたのだ。詩人は、こうした物質万能の社会的な傾向を非常に憂慮する視線で見ると同時に激変する社会情勢に目を向ける。民主主義を守るための市民のデモに、警察は催涙弾を発射するなど不法な行為によって鎮圧に当たっていたからだ。

まさに政府に対する国民の不満が渦巻く時代だった。一九七一年大統領選挙が実施され、朴正熙は金大中《キム・デジュン》に九十五万票余の差で勝ち再度政権を握った。しかしその結果は、不正や不法、官憲選挙によるものといわれた。そもそも朴政権は一九六二年に「大統領の再選一回のみ」と決めていたのにもかかわらず、約束を守らなかったのはもちろん、一九六九年に定められた「三選禁止規定」をも反古にして、強引に憲法を改正してのものだった。朴政権の専横は極まり、国民の不満の声はいやがうえにも高まっていたのである。

さらに朴正熙政権は、一九六一年軍部クーデターで政権を掌握して十年も経ているのに、一九七二年には政権の半永久化を狙って、「大統領特別宣言」を発表し、「国会の解散」や「政党・政治集会の中止」などの措置を行っただけではなく、全国に非常戒厳令を宣布していた。独裁政治の意図を明らかにしていたのである。このような維新体制のもとに警察が動員され抗議する市民に対して武力鎮圧に当たったので、いかに「法の存厳性」が踏みにじられたか、いうまでもない。

市民の安全を守るべき警察が市民に向かって暴力を振るうのは、不法な行為で「法の存厳性」に挑戦することである。何のために作られた法なのか。これで民主主義が危機に晒されるのではないか。詩人の真剣な目は、現実に傍観的な姿勢を見せず時代的状況をそのまま反映するものとして疑問を投げかけている。詩人は「時代と自分の間に挟まって何かに苦しみながら過ごした中で得られた詩篇を集めて『正当性』と題をつけた[9]」と記す。個を超えた意識に目覚め、他者と共に生きようとする作家としての使命感のもとに、自分の考えを本格的に行動に移すため「正当性」を求めはじめるのだ。

続いて詩人は「いつも作家は状況を意識するべきで、その状況を離れては作品は完成されない」、「鋭いペン軸を握りしめて書いたこれらの文章は、僕の時代に対する意識的な挑戦であり、超克である」[10]とも指摘する。文炳蘭としては正統性のない維新権力が民衆を抑圧する現実を回避することができず、作家としてそれにどう立ち向かっていくべきか、どう現実を乗り越えていくべきか、と深く苦悩せずにはいられなかった。そのような意識が自分に当時の状況を敏感に受け入れるよう働きかけていたともいえよう。したがって「状況を離れては作品は完成されない」と断言したのは、状況を反映する作品を書くことに意義があることを認め、そのことを改めて自分に誓うとともに作家の使命として時代状況から目を背けず、真っ向からそれと闘っていくことを確認するためだったに違いない。『正当性』が生まれた背景をよく指し示している。もっと切実な問題に立ち向かう意識的な詩人になろうという考えが働きかけられ、文炳蘭は民衆詩人として立ち上がるのである。

もう少し「正当性」について考えてみよう。

正当性（二）

ときどき、わたしのこぶしは
殴るところを探す。

空であれ
岩角であれ
こぶしは
殴るところを求めて孤独だ。

青白いひたい、
傲慢な鼻に向かって
かたく握られたこぶし。

凝固した血のかたまりを噛んで
四角いジャングルの中に
火花を散らす瞬間、
粉々になっていく
その絶頂で
わたしのこぶしは血を吹く。

いま闘いは終わり
敗北を慰撫する
孤独なこぶし、
空に向かって
真っ暗な闇を
狙っている。

いつか熱い流血にぬれ
血を噛んで壊れる
悲しい黙示、
こぶしは正当性を探す。

ここでも「正当性」とは、不義と闘う、あるいは反民主的なものに立ち向かう作家としての使命という意味を含んでいる。詩人は「わたしのこぶしは殴るところを探す」と歌うが、「こぶし」は正義を追求する気持ち、「殴るところを探す」は社会に存在する不正義を告発しようとして行動する行為、という解釈ができる。それは、いつも不正に目を瞑り現実に安住しようとする勢力の「傲慢な鼻」に対して対抗し続けることを意味する。時には自分一人でそういった信念を貫かなければならず、孤独だろう。正義を貫徹しようとしても、世の中は正義を求める人だけがいるわけではなく、不正義の敵に負ける場合もある。そのゆえに、孤独な闘いとなる。

文炳蘭の詩には「こぶし」や「ナイフ」がよく出てくるが、「彼の良心の「こぶし」と「ナイフ」は、我々社会の「泥棒」や「詐欺師」のような「敵」たちを狙って（闘うために）準備されているのはもちろんのことだ。彼が狙う「敵」は不正腐敗で民衆を弾圧している既得権益層であり、あらゆる策略で民衆を騙している「非良心」だ[11]」といえよう。文炳蘭はたしかに社会的な状況を鋭い目で見守り、「独裁権力」＝「不正」に対する、「共同利益を追求する民衆」＝「正義」という対立構図を念頭に置き、民衆側に立ってその「良心」を追求する目的で「こぶし」や「ナイフ」という言葉を用いているのだ。

文炳蘭が本核的に社会文学に合流するのは一九七〇年代はじめである。文炳蘭の創作活動を意識しながら七〇年代全般の状況を概括すると、詩集『正当性』が発表された七三年から七〇年代後半までは、朴政権のもっとも悪辣な独裁政治が行われていた。そして、ついにクーデターで政権を握った全斗煥《チョン・ドゥファン》新軍部勢力による厳しい監視と統制が極限に達することになった。暗黒時代の到来とともに文炳蘭の作品も厳しい弾圧の対象となる。七九年に再刊された詩集『タケノコ畑』が販売禁止になり、それに続いて『稲のささやき』（一九八〇年）、『地の恋歌』（一九八一年）も販売禁止措置を受けたからである。

七〇年代後半から八〇年代前半の情勢と、文炳蘭が直接見守った光州の惨劇については次節で触れたいが、詩人がいかに抗議の声を高めていかなければならない時代状況だったかが分かる。同時に詩を投げて闘争するとはいえ、独裁政権を倒すことはできず、詩人がどれほど辛くて孤独だったか説明するまでもない。しかし文炳蘭は弾圧の対象であったものの、一貫して権力に屈しない姿勢を貫いた。七九年『タケノコ畑』（再刊）が販売禁止になると、それについて文化公報部（現文化体育観光部）に二十五ページの長い抗議書を提出し、大きな波紋を呼んだことは忘れられない出来事である。[12]

かつて張孝文《チャン・ヒョムン》は、文炳蘭が民衆作家として生まれ変わった七〇年代初を想起しながら「文炳蘭の詩編は「正当性」に目覚め、声を出して立ち上がっていた。その後文炳蘭は、寂しくて孤独な民衆たちのために胸がぐらぐらと煮え立つ火柱になり……[13]」と述べたことがある。当時の文炳蘭にとっては、「寂しくて孤独な民衆たち」を代弁し鋭い筆を振るうことによって「正当性」を求めていく方針を打ち出していたともいえる。だから「正当性」の含意は、ただ詩語の意味にとどまらず、彼の人生に大きな線を引くものとして使われていると考えてよい。文炳蘭の詩が、詩集『正当性』を軸にして初期の叙情的な雰囲気から時代精神と現実参与を反映した本格的な抵抗詩に変わっていった事実を改めて認識する必要があろう。

作家自身もインタビューの席上で自分の文学について語り、七〇年前半の『正当性』から民衆文学への変革を見せている点を認めながら「その前まではセンティメンタルでモダニズムに陥っていたぼくが現実に目覚め、詩は心の平安と世の中の美しさを歌うのではなく、正当性を追求し

文炳蘭詩集
『織女へ・1980年5月光州ほか』

なければならないし、その道具としてつまり、こぶし=力になるべき、といった状況に対する挑戦的な意識を持って詩を書かなければいけないという考えから執筆した[14]」と語っている。

実は詩集『正当性』が発表される前年、朴正熙は決定的に民衆を裏切る最悪な措置を取った。一九七一年の大統領選挙で僅かの差で当選したことに不安を感じた彼は憲法を変え、永久執権と確実な当選を目的に自ら「統一主体国民会議」という機関を設置したのだ。そしていよいよ七二年末、不法な方法でその「統一主体国民会議」の投票を経て大総統に就任した。「統一主体国民会議」による間接選挙制が何を意味するか、知らない国民はいなかった。だから、「正当性」にはこのような「状況に対する挑戦的な意識」、さらに誤った権力主体の独占的統制への抗議の心境も込められているわけである。

「彼は詩を通じて当時（維新時代）の政治状況に対する抵抗、物質主義の社会象に対する批判、不正と腐敗に対する痛烈な指摘、歴史の反芻などを通じて不条理な社会に対する改革を意図したのだ。彼の詩を支えているものは真実と良心であり、これらの実現を目指して行動的な抵抗を標榜した[15]」という指摘に共感する。いわば文炳蘭は、現実打破の手段として詩を書くことで読者に抵抗のメッセージを発信すると同時に腐敗した社会現象を鋭く警告した。またその腐敗をもたらしたものを探り出し、詩を通じて厳しく批判することによって、より進歩的な方向に向かって前進できるような民衆中心の社会変革への実現を試みたともいえよう。

だから文炳蘭の精神は不正に負けず、正義を追求する信念、民意を踏み躙ろうとする国家や支配層に反旗を翻し、民衆の視点に立ってすべての強圧的な権力（平和を侵す戦争のイメージでも構わない）に堂々と抵抗しようとするものとして表れる。その精神より叙情性あふれる詩的世界から一歩前進し、民衆作家として生れ変わった意味もうかがうことができる。

四　文炳蘭の五月精神と「光州民衆抗争」

そのあらゆる不義に妥協しない作家精神は「光州民衆抗争」の五月精神に根づいているのを見逃すことができない。文炳蘭が「光州民衆抗争」の起こった一九八〇年に「光州民衆抗争」の背後操縦者として投獄され、警察の監視を受けたことについては知られている。「光州民衆抗争」が彼の精神にどれほど大きな影響を及ぼしたかは一言で説明できない。「その後、彼の詩と生の主題は五月の光州となる[16]」といわれるぐらいである。

文炳蘭に「光州民衆抗争」はどのような出来事として根づいているだろうか。文炳蘭は「光州抗争の歴史的、現在性」と題して、次のように述べたことがある。

「五・一八光州民衆抗争」は七〇年代の維新体制を終えて、新しい民主時代を開こうとした政治的民衆蜂起の一つだった。

その力が全国に拡散されなく光州に止まり、維新の残滓をきれいに洗い落とせず、その上に民族的、民衆的民主政権が樹立できずに挫折した。しかし、その闘争精神と意義は民族民衆民主運動の内面に染み込み、その後十年間の八〇年代を貫流する歴史意識、民族意識として代表的な闘争精神と価値追求の源泉となり、その基準となった[17]。

要するに、文炳蘭は「光州民衆抗争」を、権力ではなく民衆の力で旧時代の幕を閉じて新たな時代を開こうとした民主変革運動として認識している。その運動が戒厳軍の光州を孤立させる作戦とタンクや銃などの武器を使っての非人道的な制圧で他所には広がらず治まってしまい、市民は独裁政権を倒すことも反民主的要素を清算することもできなかった。しかし、その意味はどれほど強調してもしすぎることはない。「光州民衆抗争」の精神が受け継がれて八七年の六月民主抗争を呼び起こし、韓国において民主化は達成されたからだ。いわば「光州民衆抗争」の雰囲気がその後もずっと国民に影響を及ぼし六月民主抗争に繋がったのであり、その結果独裁政治は崩れたわけだ。文炳蘭もその点を意識して「闘争精神と価値追求の源泉」という言葉を用いているに違いない。

反民主主義的な軍事独裁政権によって詩集の販売禁止処分を受けて厳しく抗議し、その後も時代的状況から目を逸らさず、民衆詩人として反権力闘争の意味を込めた抵抗詩を書き続けた文炳蘭にとって「光州民衆抗争」は彼の人生に大きな区切りとなる出来事だった。光州の詩人、文炳蘭の五月精神を理解するためには「光州民衆抗争」の時代背景とその意義を探る必要がある。

韓国の社会的空気が変革の兆候を見せ始めたのは一九七〇年代後半である。朴正煕・軍部独裁政権の維新体制は、安全保障と反共イデオロギーを統治理念の表に立たせ、言論・出版・集会・思想の自由を徹底的に弾圧した。国民の間には体制への不満が高まり、政府の圧力に対する我慢は限界に達し、何か突破口を見つけたいというムードが漂っていた。当時、民主主義への熱望がいかに切なるものであったかはいうまでもない。

軍部独裁政権を率いた朴正煕が、自らの部下・中央情報部長の銃弾で射殺されたのは一九七九年十月二十六日。いわゆる十・二六事件だが、これによって全国に戒厳令が宣布された。ちょうどそのとき政治の前面に登場した人物がほかならぬ全斗煥であった。当時、崔圭夏《チェ・ギュハ》・大統領権限代行と鄭昇和《チョン・スンファ》・戒厳司令官は、軍部の脅迫に屈服し、全斗煥少将を合同捜査本部長に任命するのである。

保安司令官・全斗煥は、維新権力が崩壊した時点の軍部支配下で、合同捜査本部長にもなり、内外の注目を浴びた。権力移動のような非常の際には際立つ人物が出現するものだが、全斗煥はその権力の中心にいる代表的な人物であった。全斗煥は内閣を掌握するため、三つのことを行った。第一に「非常戒厳令の維持」、第二に「合同捜査本部の権限強化と活動領域の拡大」、第三に「憲法改正作業の遅延」がそれである。[18]そのうえに国務会議に参加するため、自分を中央情報部長に任命するよう崔圭夏氏を脅かした。彼がどれほど権力簒奪に不法な統制を図ったのか、強調するまでもない。

五月十六日、光州では市民と大学生五万人が集会に参加し、夜にはたいまつをともして軍部独裁に反対し、民主主義を取り戻すためのたたかいを繰り広げた。[19]当時、光州市民と学生らは、街頭デモを通じて軍部に意思を十分伝えたと判断し、十九日に同じ場所に集結することに決め、十七日と十八日は軍部の反応を見守る意味で休むことにした。[20]この間に事件が起こるとは、誰一人予想できなかっただろう。「学生たちが解散するや否や、新軍部の影響下にあった崔圭夏政府は、拡大した騒擾事態を口実にして八〇年五月十七日二十四時に非常戒厳を全国に拡大、宣布した」[21]からである。

その発表は国民の民主化への熱望を徹底的に遮断するものであった。むしろ朴・維新独裁政権の最悪の時を連想させるほど、まったく民主主義に逆行する措置であったといえる。金大中・金《キム》種泌《ジャンピル》氏をはじめ、政治家二十六名を連行しただけではなく、「政治活動中止」「大学休校」「屋内外の集会、示威及び前現元首への誹謗禁止」「職場離脱及びストライキ禁止」「言論検閲」などの内容が「戒厳布告第十号」として公開されたが、[22]それらは国民の権利と自由を抑圧する不法な戒厳令だっだのである。

五月十七日、全斗煥軍部権力と戒厳軍は政治家、学生のみならず、多数の民主化運動の闘士を無法な暴力で検挙した。当時、戒厳軍であった空挺部隊は、敵の後方地域に展開し非正規戦を行う特殊部隊の一つであった。従って軍の中でも、厳しい訓練と体力の練磨を通じて最強の戦闘力を持っていたのである。しかし、敵を制圧すべきその部隊が市民と学生を逮捕し、暴力を振るう役割を果たしていたわけだ。

光州市民の激しい抗議デモに対し、全斗煥軍部権力と戒厳軍は光州市民に銃を発射し、それに対し市民も市民軍を結成し、全斗煥軍部権力や戒厳軍と真正面から戦うこととなった。特殊部隊の残酷な軍事作戦により、「死亡者一五五人、行方不明者八十一人、負傷者（負傷以後の死亡者を含む）・連行者・拘禁者などを合わせ四六三四人の人命が犠牲となった[23]」。

このような背景と軍の暴圧による市民の犠牲は、文炳蘭に時代の先頭に立って生きることの切実さを痛感させ、民主主義の回復のために強い闘志と決意を持って独裁権力に抵抗していくことを要求する。彼が「光州民衆抗争」の歴史的意義とその五月精神を継承するためにアンガージュマンの旗をより高く掲げたのはそれゆえである。

当然ながら「光州民衆抗争」の後、新軍部の抑圧によって集会、言論、表現の自由は制限され、文学活動も監視の対象であった。幸いに新聞は権力の検閲を受けたものの廃止されず、たとえば金準泰の「ああ光州よ、我が国の十字架よ」は、部分的に削除されながらも『全南毎日新聞』に掲載され、光州民主化文学の嚆矢となった。しかし、そのような監視のもとに抵抗詩を発表するのは投獄されることを覚悟してのことだった。文学活動家たちの命がけの活動が切っかけとなり、水面下での各種の宣伝文、会報などの文学闘争が全国に広まったことを想起すると、「ペンは力なり」という言葉がしみじみと感じられる。

文炳蘭は、望月洞墓地に行って民主化運動で亡くなった犠牲者の霊を慰め歌わずにはいられなかった。八〇年五月二十七日未明、光州の全羅南道道庁を守るため命を亡くした市民軍スポークスマン尹祥源《ユン・サンウォン》（烈士）と、七八年に労働運動で世を去った朴棋順《パク・キスン》（労働運動家）との霊魂結婚式が行われた（八二年二月望月洞墓地にて）。文炳蘭はその席上で次のように歌った。

帰ってくる
帰ってくる
君たちの花の如き霊、
残した愛、見果てぬ夢を抱いて
死を越えて時代の闇を越えて
復活の歌になって
澄んだ愛の歌になって
まさに君たちはまた戻ってくる。

（「復活の歌」より）

「光州民衆抗争」の背後操縦者として投獄された詩人にとって多くの市民の犠牲は、言葉では形容できない辛い出来事だったのだが、詩人に「光州民衆抗争」はどのような意味を持つものだろうか。文炳蘭は「光州民衆抗争」について具体的にふれ、「五・一八光州民衆抗争の本質的根源は、韓半島の民族矛盾である外国勢力と国の分断にある。（その根源は）階層的・地域的不平等によってもたらされた。この民族矛盾を利用して自分たちの利益に結び付けた帝国主義的な支配論理に対する根源的抵抗から自主・民主・統一を成し遂げようとした民族運動の結合[24]」と説明している。つまり、文炳蘭は民衆に破廉恥な残虐行為を繰り返した軍事独裁政権の非道徳性や野蛮な行為に対する民衆からの激しい反発によってもたらされたものと捉える。他方、その軍事独裁政権を支援した帝国主義強大国によって民族は分断され、韓半島が東アジアでの資本主義対社会主義というイデオロギー対立、「軍事覇権」確立のための争い、国際的なヘゲモニーを掌握するための対決の場になっていることに怒りを持った民衆がこれ以上許せないと決め、ケジメをつける主体的な民衆蜂起として考えている。

「光州民衆抗争」は遡ると、「三・一独立運動」「抗日抵抗運動」「四・一九革命」「反維新闘争」「軍事独裁政権に反対する闘争」からその伝統と意義を受け継いだ民族、民衆の主体性回復運動であった。私たちは諸外国の影響力から逃れ、その精神を「自主独立」と民族統一のエネルギーとして活かさなければならないと思うところに「光州民衆抗争」を捉える詩人の独特な

国立５・18民主墓地の内部

視線がある。したがって、文炳蘭に「光州民衆抗争」は、「帝国主義的な支配論理」にとらわれたアメリカの本質や属性を暴きだし民族自主精神の大切さを示してくれたのであり、「反米運動」でもあったのである。

解放後、そもそもの始まり（李承晩《イ・スンマン》政権）から韓国は、アメリカの強い影響力に置かれていた。アメリカは、東アジア圏における覇権主義的政策を維持するためにクーデターで政権を握った正統性のない韓国の軍事独裁政権を次々と許す。しかし、朴正熙、全斗煥と続くクーデター政権はいずれも民衆を弾圧する政策で政権を維持し、また政権を維持するために民衆を弾圧した。それにそのクーデター政権は長期執権を図りながら地域差別をなくすどころか、自分の出身地域の人ばかりを官僚に登用するなど民意を裏切る人事政策を強行した。「階層的・地域的不平等」に対する国民の不満は一気に爆発しそうな状況だった。その民衆の憤怒がクーデター政権だけではなく、独裁政治の原因を提供したアメリカにも向かったのはいうまでもない。

文炳蘭は、当時韓国独裁政府の暴圧に対してアメリカが黙認したことにも非常に批判的だった。「光州民衆抗争」の鎮圧のため軍（第二十師団）の投入を決めた全斗煥の作戦を承認した主体アメリカへの怒りを表明せずにはいられない。そして彼は、韓国における東西の格差や地域感情（朴正熙、全斗煥に続く軍部独裁権力者は東地域の出身）からの光州市民の耐え切れない精神的ストレスに対してもかなり意識的だった。こういった背景から文炳蘭は「光州民衆抗争」を、単なる全斗煥軍部クーデター勢力への抗拒としてではなく、外部勢力の影響から逃れ、いわば「自主・民主・統一を成し遂げようとした民族運動の結合」と捉えているわけである。

「光州民衆抗争」が偶然に起こった出来事ではなく、外国勢力と分断による民族矛盾が招いた軍事独裁政権、またその軍事政権の非正常な政治構造に由来する事件であるとすれば、その矛盾が解決されない限り、「光州民衆抗争」は現在進行形であるはずだ。だから文炳蘭は「光州民衆抗争」の五月精神を強調するために詩、評論、報告などの文筆活動はもちろん、講演や放送などを通じて光州の真相とその意義を知らせる実践運動を繰り広げたのである。大学や市民団体の行事にも参加し、五月精神を叫び、自ら「全南社会運動協議会」共同議長、「国民運動本部」共同議長になり、民主化運動の闘争の先頭に立って闘ってきたのはこうした理由からなのだ。

晩年にも文炳蘭は「五月よ、また復活せよ」と声を高めた。

五月よ、また復活せよ
―五・一八民衆抗争三十周年にあたって

また五月です、君よ、
わたしに五月を歌えといいますか
うごかぬ唇で五月をたたえよといいますか
まぶしい、美しい燦爛たる五月を
どう歌えというのですか。

あの日の血痕も消されてしまった
わずかの補償金に変わてしまった
朽ちた骸の墓だけが残った五月
五月から統一へ！　あの日の叫び
民族統一のあの誓いを破って
冷たい石碑だけが残った五月を
いったい、どう歌えというのですか。

どんな美しい花よりも
どんな芳ばしい花よりも
花より美しい人間のために
花より芳ばしい涙のために
五月はいのちの月、まぶしい愛の月
また五月が来ました。君よ。

まわるまわる歴史の轍
いつわりとまことの間にたちすくみ
碑石に封じられた五月よ
墓に葬られた真実よ
わたしの舌にはいばらが刺さっています。
どう五月を歌えというのですか。

眼を覆い耳をふさいで
どう五月を讃えよといいますか
除暴救民、斥洋斥倭、汚吏懲治

牛禁峙の血涙はいまもなお乾いていない
民族、自主、統一、人権、平和
消して消しても消されない
錦南路《クムナムノ》の血痕はいまもなお生々しい
眼をつぶっても見える、美しいその姿
耳をふさいでも聞こえる、さわやかな声
舌先に刺さったいばら、わたしは口を噤みます。

いつわりの弔花をもうけ
むなしい掛け声をあげ
虚偽の仮面の前に権力の堕落
松明を下ろして焼香の火に持ちかえた手
三十年間記念パーティー開きつづけても
サタンの誘惑の前にすべて罪人です。

闘え、闘え、再び闘え
始まれ、始まれ、再び始まれ

華麗な虚飾の色を剥ぎとり
美しい五月のまばゆい肌
五月は今でも真っ赤な玲瓏たる闘いです
墓の中に一粒一粒しみる私たちの涙です
ああ、君よ、冷たくなった灰色のこころの中に来て
燦々と燃え上がるつややかな五月の花になれ
闘う人の掌に来て、君よ
永遠に消えぬ自由の炎になれ
輝く正義の松明になれ。

この詩は二〇一〇年五月二十七日、光州市の「錦南路復活祭の記念詩」として「光州民衆抗争」三十周年にあたって歌われた作品である。文炳蘭にとって「光州民衆抗争」は、「民族、自主、統一、人権、平和」の精神の根本であると叫ばれている。二十一世紀の韓国の社会においても「民族、自主、統一、人権、平和」の問題は少しも解決されず、いまだ現在進行形であるからだ。

「この詩を読んで、わたしはおやっと思った。詩に悲しみの混じったいらだちがあるからだ。それが詩の冒頭の「うごかぬ唇で五月をたたえよといいますか」という問いかけにあらわれている。事件から三十年たって、五・一八精神は風化しているのではないか。そう問いかける声が聞

き取れる」[25]という指摘には耳を傾ける必要がある。韓国は今でも階層・理念の葛藤が深刻化し、社会亀裂の要因となっている。公職者による汚職の問題はなくならないし、貧富の格差も増大し労働者の人権侵害に抗議するデモが相次いでいる。外国人研究者の目にも「五・一八精神」の「風化」を心配する文炳蘭の感性が伝わっているわけだ。

詩人にとって一世紀以上過ぎた時代の東学農民運動の理念、「除暴救民」（苦境に立たされた民を助ける）、「斥洋斥倭」（西洋と倭の文物や勢力などを拒んで退ける）、「汚吏懲治」（腐敗した官僚を懲らしめる）という言葉は現代の韓国にも通用するもので、「光州民衆抗争」の復活の深意を含んで新たに蘇る。分断の現実は益々深刻化し、官僚層の腐敗、権力の濫用はなくなっていない。詩人が一九八〇年から三〇年が過ぎた視点で「五月よ、また復活せよ」と叫ぶにはその価値と効力において十分説得力があるのだ。

文炳蘭は、地元光州を離れず、一貫して光州で文筆活動と民衆運動を展開した詩人である。いわば、文炳蘭ほど五月精神を守るために鋭敏な感性のアンテナを立てた人はいないだろう。そこに虚偽がまかり通る時代に歴史的真実を伝える詩人として常に「正当性」と向き合う真の姿がうかがえるといえよう。

五　民衆文学から統一文学へ

民衆詩人としての活動については二節で詳しく述べたが、注視すべきは、民衆のための詩にしても五月精神にしても、それが結局は統一文学に向かっている点である。次のような評はその点をよく証明してくれる。

五月が政治をする人たち、文学をする人たちによってあまりにも行事や文学の素材中心に流れるのを断固として反対する彼は、「五月体験が齎してくれたのは、民族的ヒューマニズム、共同体精神、生命運動の発現」であると信じた。

そのような精神は、作品の中で彼の鋭い洞察、実践的な暮らしと調和して民主・統一意志として噴き出してきた[26]。

ここに文炳蘭がどうして結局統一文学に回答を求めなければならないか、その答えが提示されていると思われる。つまり「光州民衆抗争」を通じて市民は、「民族的ヒューマニズム、共同体精神、生命運動の発現」の価値を悟ることができたかもしれないが、現実社会にはいまだに活かされていないのが現状であるからだ。外部勢力によって招かれた民族分断とその政治的イデオロギーの壁は全く崩壊していない。むしろ、第二次大戦後、韓半島が南北に分割占領されてから和解のムードはなくもなかったものの、それは一時期のことであって東アジアで国益のみが叫ばれ、分断は膠着化する状況となった文炳蘭が「偉大なる五月の文化は技巧や表現の勝利から（得られるわけ）ではなく、その内容と核を成すものは」、「南北七千万人の出会いが成し遂げられるその日にほかならないだろう。その日が来るまでは光州の五月も、その本当の勝利と芸術的な真の昇華は見合わせるだろう[27]」と強調したのもその理由からである。五月の文化が花咲く日は、民主主義が完成し軍事的緊張も解消され、南北が和解の道に入るその日にほかならない。その統一の日こそ、民族には南北往来の自由を勝ち取る瞬間であり、光州の五月精神も実を結ぶ真の祝日となる。文炳蘭は平和統一の日が来ることで民族の指向と念願は実現し、南北分断も永久に解消されると信じているのだ。

それではそのような文炳蘭の統一意志はどのような形で表現されているのだろうか。実は詩人は一九九二年、北朝鮮訪問を前にして『織女へ』を刊行している。一九七六年に発表した「織女へ」に、統一詩七編、そして訪問直前に至急書いた七十編を付け加え、詩集名を『織女へ』にして出したのである。この事実は、「南北文化交流協議会」の一員として北朝鮮を訪問することになったので、当時の文炳蘭としては南北統一への熱情を燃やし、作品創作に没頭していたことを物語る。文炳蘭にはそれほど強い心構えが必要だったに違いない。

「実際に北朝鮮へ行こうと思うと、気持ちが複雑だ。身の処し方はさておき、四十六年ぶりの出会いなので、プレゼントも要るだろうし、北朝鮮に対する多少の予備知識も揃えないと健全な意味の民間外交ができない。だから心配をしている。それですでに出ている数冊の詩集から統一に関わる詩を抜き、訪朝心境を詠んだ即興詩何編かを纏めた[28]」という証言から民族の再会を念頭におく彼の心境と統一意志が読み取れる。

光州から平壌《ピョンヤン》までどのくらい掛かりますか
長い歳月、道標はさびているが
待合室に座って
四十六年間来ない列車を待つ
名前も知らぬ老人が座っている
……
道標にも地図にも明らかに存在する駅
時計はちょうど午前九時を指しているが
じたんだを踏むある老人は
雪の降る京義線《キョンウィソン》
平壌行列車の最後の切符を催促している
その名前は南北統一。

（「平壌切符」より）

統一を念願する詩人の切実な思いは、南北を横断する列車に形象化され、二つに分かれた鉄道

書斎で（2010年頃）

の上を南の光州から北の平壌まで一直線に走る気持ちとして表出されている。いわば「光州から平壌まで」の切符を想定する詩人の統一への切望は、いかに平和統一を成し遂げ、いかに民族同質性を取り戻すかに苦悩したあげく、南北分断の現実を乗り越え、統一の理想を実現する形で描かれているのだ。

かつて文炳蘭は南北分断の現実に触れ、「分断！これは私たちにとって単純な言葉ではない。二百万人の戦傷者を出してもその場に固定された六・二五と休戦ライン、一千万の南北離散家族の辛い現実、イデオロギー分断による南北の葛藤と政治的閉塞、そこから招かれる多くの相克、葛藤の悲劇的マッカーシズムの乱舞、棒になったイデオロギーは、もはや単純な三八線ではなく数多くの心の壁になり、それの被害は今までの視線では想像もできないほど大きい悲劇を生み出している[29]」と語ったことがある。六十二年前に締結された休戦協定で、敵対的な軍事活動は停止され、南北分断の軍事境界ラインが引かれた。そしてその境界ラインを挟んで幅四キロの非武装地帯も設定された。しかし戦争の危機はなくなったわけではない。アメリカと北朝鮮との関係、韓国の強硬政策、北朝鮮の核実験などによって、再び戦争の危機が訪れる可能性はいくらでもある。米ソ間のイデオロギー対立が朝鮮で戦争を呼び起こし、同じ民族同士で戦った不幸な歴史によって離れ離れとなった大量の離散家族は、自由に南北を往来するどころか再会さえもできない。文炳蘭がどれほど統一を民族の悲願として認識しているかが分かるはずである。

だから一方、統一を歌う文炳蘭の詩には世界で有一無二の分断国家である我が民族に対する自省の思いも漂っている。それと同時に、一日も早く分断の壁が消え、離散家族の恨みが晴らされてほしいという念願や、同族に対する限りない愛情と関心が刻み込まれているといえよう。

文炳蘭が南北統一への切望を歌として紹介している点については韓国に広く知られた話である。「織女へ」という詩が流行歌になって韓国民に歌われ続けているからだ。天の川を境にして会えなくなった牽牛と織女は、七夕の夜にだけ、かささぎの橋を渡り、再会するという内容だが、南北に住む人々の心境をよく反映し、統一（再会）を願う切実な念願を込めた統一の歌として歌われている。

別れが長すぎる
悲しみが長すぎる
四方塞がれた死の土に立って
あなた、手まねきする女人よ
乳房も奪われ処女膜も奪われ

ついに髪の毛さえも奪われても
われらは再び会わなければならぬ
われらは銀河を渡らねばならぬ
烏鵲橋がなくても踏み台がなくても
胸を踏んで渡り、再び会うべきわれら
刃を踏んで渡り、会うべきわれら
別れは、別れは終わらねばならぬ
干上った銀河を、涙で満し
胸と胸に踏み台をおいて
悲しみは終わらねばならぬ、恋人よ。

（「織女へ」より）

この詩は、金應敎《キム・ウンギョ》の「出会いに向かった説話的現実の熱望──文炳蘭の「織女へ」にあたって」（『詩人と社会』一九九四年）などの研究の中で作品の意味と特質が具体的に分析されているが、恋物語の七夕伝説が南北関係に見事に置き換えられているといえる。「刃を踏んで渡り、会うべきわれら」という表現から、南北同胞の会うこと自体がいかに必然的なものであるかを感じ取ることができる。恋人でありながら別れなければならず、その長い別れのために絶対に会わなければならないという牽牛と織女の話は、統一を切実に念願する文炳蘭の筆致によって徹底的に南北同胞の再会の意味として比喩されているわけだ。

「織女へ」が歌として作られ、南北はもちろん、日本にも伝えられているのであり[30]、これからも統一を叫ぶ声は絶え間なく聞こえるに違いない。文炳蘭は「真の分断詩はこれからだ。分断時代克服のための民族的努力の一つとして閉塞した政治的イデオロギーを崩し、切れた血脈をつなぐ人間的作業の一つである文学」、「対決と憎悪から愛と和解の道へ誘導する真摯な文学的接近こそ、硬直した政治的論理や法規を越えて再び民族のエネルギーを噴出する真の愛の再結合を試みなければならない」[31]と主張する。この主張から文炳蘭が追求する統一文学の性格と特徴を捉えることができる。

つまり文炳蘭は、詩を書く行為を通じてイデオロギーの相違、国家間の条約や規範を乗り越えて民族同質性を見出し、南北改善の道を開きたいという姿勢を明らかにしている。民族統一を巡る問題は、いつも南北の政治指導者の発言や政治的活動によって、すなわち南北政府のそれぞれの都合によって利用されてきたことも事実である。しかし、「文学的接近こそ」そこにイデオロギーが介入する余地もなければ、国益に絡むこともない。文炳蘭に文学は、民族の伝統や文化を喚起させるのはもちろん、分断された南北の人々の心を一つに結び、民族性を取り戻すのに大切な役割を果たしてくれる純粋な交流の媒介者にほかならない。文炳蘭は文学が民族統一のみならず、東アジアの平和にも寄与すると信じていただろう。

だから文炳蘭は、冷戦イデオロギーから由来した政治的限界にぶつかるにもかかわらず、民族同質性の回復を目指して、いわば文学を統一の扉を開く道具として用いるという宣言をしたつもりである。その文学的表現、あるいは「文学的接近」が統一詩を書く行為であることはいうまでもない。文炳蘭は統一が訪れるその日まで、声を高くして統一詩人として歌い続けようとしたに違いない。

六　おわりに

文炳蘭の詩が叙情的な雰囲気から社会性を持って現実を反映する方向に向かったのは、時代状況を強く意識してからのことである。文炳蘭にとって文芸主義に基づいた純粋な詩だけを書くには、彼の目前で展開される悪夢のような現実があまりにも意識の変化をもたらし、それが彼の内部に深く根づき、常に煩悶と自覚として蘇っていたに相違ない。彼は、文学も現実問題の解決に役立たせる可能性を模索し、詩人としての役割を新たに認識、文壇デビュー以来十年目にして、言語芸術に基づいたモダニズム風潮を逃れて本格的に社会を反映する詩を書き始めた。

こうした考え方は、自ら詩人の精神について触れ「文学自体が作品性や慰安、平安の機能だけを持つなら（略）文芸主義にとどまってしまうのみです。結局詩人はこの時代の痛みを感じて伝達する媒介者で、それを克服しようとする意志を詩で書くことによって実践する者にならなければいけない(32)」と語った視点と通じるものがある。

だから文炳蘭における作家精神は、社会集団の機能が発揮できるものとして働きかけることに意義を求めており、たとえば日本作家の言葉で説明するなら、「自分たちの職能集団としての機能が、より発揮できる世の中にするにはどうすればいいか。日ごろから考え、志をもって行動する(33)」という考え方に近いかもしれない。

文炳蘭は、韓国社会の矛盾と南北分断の現実が続く限り、不屈の闘志で民主と統一の詩を書く行為をやめないと思っていたはずである。それこそ詩人としての良心を保つことであり、時代に背を向けず、透徹した作家精神を持って生きることだと固く信じていたからだろう。

注

(1)　全斗煥独裁打倒の民主化運動が、五・一八光州民主化運動の精神を受け継いで七年後にようやく実を結んだ、韓国現代史における大きな出来事。一九八七年、大統領の直接選挙制改憲を中心とした民主化の要求は、全国的な運動に発展し、この民主抗争の結果、大統領直接選挙制改憲実現などの一連の民主化措置を約束する「六・二九宣言」を全斗煥政権から引き出すことに成功した。

（2）『文炳蘭の詩と生―無等山に登って歌う百頭山の歌』（詩と社会社、一九九四年）五〇九頁参照。
（3）文炳蘭「私の生、私の芸術」（『全南日報』一九九一年四月二十日）
（4）公州師範大学国語科の文学同好会学生たちによるインタビュー（一九九三年十一月十三日）で、注（2）二五頁に掲載。
（5）姜亨喆「文炳蘭論―行動と詩の実践的統合のために―」（許炯萬、金鐘編集『文炳蘭詩研究』図書出版詩と人、二〇〇二）一八頁。
（6）白洙寅「民衆の中の詩人文炳蘭論」、注（5）と同じ、四八頁。
（7）文炳蘭『正当性』（セウン文化社、一九七三）には「正当性（一）」「正当性（二）」「正当性（三）」が順番で載っている。
（8）本論における詩のすべての翻訳は、中央大学広岡守穂教授と共訳であることを示しておく。
（9）一九七三年十月二十日に書いた『正当性』端書（「自序」）。
（10）同注（9）。
（11）注（6）四九頁。
（12）「図書雑誌週間新聞倫理」という団体が「週間新聞審議決定」第四八二号として当局に建議し、文公部の通報によって詩集『タケノコ畠』が販売禁止になると、詩人は一九七九年七月二十六日、民主国家で表現の自由は基本権に属するといって抗議書を提出した。
（13）一九八九年に刊行された文炳蘭の詩集『火炎瓶の破片が散らばる道路で僕は泣く』の解説に述べ

ている。

(14) 一九八九年一月亞洲大學校の学報に掲載されたインタビューの内容。

(15) 白洙寅「民衆の中の詩人文炳蘭論」、同注(5)四八頁。

(16) 許炯萬、金鐘編集『文炳蘭詩研究』(図書出版詩と人、二〇〇二)五二頁。

(17) 文炳蘭「光州抗争の歴史的現在性」(『光州日報』一九九一年五月)

(18) 五・一八記念財団『五・一八民衆抗争』(光州広域市五・一八史料編纂委員会、二〇〇五)六九頁。

(19) キムビョンイン「五・一八と死、そして学生運動と政治的復権」(学術論文集『五・一八民衆抗争と政治・歴史・社会』三、五・一八記念財団、二〇〇七)五二二頁などに詳しい。

(20) 五・一八民主化運動記念館『五・一八民主化運動』(光州広域市史料編纂委員会、二〇一二)七二〜七三頁。

(21) 歴史学研究所『一緒に見る韓国近現代史』(西海文集、二〇〇四)四一八頁。

(22) 鄭海亀「軍作戦の展開過程」(『五・一八民衆抗争史』光州広域市五・一八史料編纂委員会、二〇〇一)二六四頁や、『東亜日報』(一九八〇年五月一九日)一面記事。

(23) 同注(20)四五頁。

(24) 『韓国大学新報』(一九九一年五月十三日)

(25) 広岡守穂「文炳蘭・現代韓国の抵抗詩人」(『中央評論』中央大学出版部、二〇一五年七月)一〇八頁。

(26) 『全南日報』(一九八九年十二月七日)
(27) 同注(17)。
(28) 『光州毎日新聞』(一九九二年一月二十一日)
(29) 文炳蘭「分断時代の詩」(許炯萬、金鐘編集『文炳蘭詩研究』図書出版詩と人、二〇〇二)二九二頁。
(30) 韓国の民衆歌手金元中によって日本に紹介され、二〇〇五年~〇六年には東京、大阪、神戸、広島、埼玉などで巡回公演が行われたこともある。
(31) 同注(29)三二二頁。
(32) 同注(14)。
(33) 帚木蓬生「インタビュー戦争を想像する」(『朝日新聞』二〇一四年八月六日)

付記　韓・日青少年平和交流を振り返る
──韓・日作家紹介の視点より──（二）

私が並々ならぬ衝撃を受けたのはその翌日（八日）のことだった。八日の午前、私たちは半田市に位置する中島飛行場跡地などの見学に出掛けたのだが、移動中のバスのなかの出来事だっただろうか。主催側が高校生たちに配った印刷物に日本の童話作家新美南吉の「アブジのくに」という作品がハングルで訳されて入っていたからだ。

「アブジのくに」は、愛知県半田市の市民団体「半田空襲と戦争を記録する会」（佐藤明夫代表）によって最近改めて注目された作品。これは半田市で生まれ育った南吉の体験（履物店を運営した母と、出稼ぎに来た朝鮮人家族との交流──佐藤氏分析）に基いて書かれたもので、主催側としては南吉の反戦平和の精神を受け継ぐ目的だけではなく、韓・日交流にも意義あるものとして判断し、小冊子（翻訳は朝鮮学校の教員カンヤンスンによる）にまとめて半田市を訪れる皆様に宣伝しているらしかった。

告白すると、その瞬間私は、日ごろ南吉について関心を持っておらず、非常に恥ずかしい気持ちだったことを思い出す。私は大学院時代からむしろ宮沢賢治について接する機会が多く、うちの大学の日本文化講読の時間でも『銀河鉄道の夜』などの作品を取り上げることはあった。しかし、植民地時代にも国境と身分を越えて真の交流を求めていく韓・日庶民の姿を描いた南吉とその作品については無知だった。それで非常に恥と思った。

同時に松田解子と花岡事件について聞いた瞬間（＝『地底の人々』における韓・日労働者連帯の姿に接した瞬間）のような強烈な刺激に駆られた。

主催側は（佐藤明夫氏の講演を含めて）、「太平洋戦争末期の半田と朝鮮人」というテーマのもとに学生たちに「中島飛行機半田製作所とは」、「「任意渡航」朝鮮人労働者と中島」、「強制連行朝鮮人青年と空襲被害」、「日朝青年の交流と帰国」などの内容も提示していた。けれども、そのなかみとは別に新美南吉の資料にインパクトを感じたためか、私の関心がそこに注がれたのはいうまでもない。

もっと驚いたことに、「アブジのくに」だけではない（「ごん狐」などは大いに知られているので取り上げないにしても）。たとえば、南吉には交流と平和精神を思わせる「少佐と支那人（後に「張紅倫」に改題）」や「ひろったラッパ」という優れた童話もあることに気付いた（それに目を通したのは帰国後）。

南吉にも個の運命が抹殺される戦争の時代をいかに乗り越えるか、という深刻な苦悩が少なからず存在していたに違いない。

私は探してきた作家や求めてきた視点を見つけ出したような興奮感を味わわずにはいられなか

った（その後から新美南吉翻訳に取り掛かった）。

そういえば光州でも一貫して平和と民主主義を求めてきた民衆作家（詩人）文炳蘭がいる。

文炳蘭には次のような詩がある。

「希望の歌」

氷の下でも
魚は泳ぎ
吹雪の中でも
梅はつぼみを膨らませる

絶望の中でも
生きんとするものは希望を探し
砂漠の苦痛の中でも
ひとはオアシスの陰を求める（中略）

絶望は希望の母
苦痛は幸福の先達
試練なくて成就は来らず
鍛錬なくして名剣の刃はおきぬ

夢見る者よ　暗闇の中にいて
遠くの輝く星明りにより
長い苦行の道を歩み続けよ

人生航路
波高く、
暴風吹きすさび船は揺れても
ひとたび去れば
曇り空から、日はまたのぼる
静かな船路に巡航の明日はかならずや来たる

文炳蘭は一九九七年、韓国で通貨危機が起き、ＩＭＦによる救済で落ち込んでいる民衆の心を

「希望の歌」で慰めた。そして彼らが立ち上がって未来に向かって進むよう励ましたのである。考えてみれば、作家はこうした作家精神を持って創作活動に励むべきではないだろうか。文炳蘭の作家精神は、民意を踏み躙ろうとする全てのものに反旗を翻し、民衆の視点に立ってそれに（平和を侵す戦争のイメージでも構わない）堂々と抵抗していこうとするようなものである。

だからたとえば、作家としての使命を意識しつつ全力を尽くす文炳蘭の真剣さは、日本の例でいうなら前にも述べたが、帚木蓬生のような作家に通じるものがあるだろう。帚木は二〇一四年八月六日、『朝日新聞』とのインタビューに次のように述べている。

私自身、朝鮮人が戦前・戦中に日本に連れて来られ、炭鉱で働かされていたことも知らなかった。二十六年前、筑豊の病院に赴任して初めて知ったんです。炭鉱でなくなった朝鮮人労働者の墓の写真を見て衝撃を受けました。ぼた山の片隅に石ころが無造作に並んでいた。まるで犬猫のように埋められるなんて、あってはならんと思った。よーし、この人たちの無念を書いてやろう、と徹底的に調べ始めました。

それだから、この内容がほかならぬ『三たびの海峡』の執筆背景となったことが分かる。こういった精神、あるいはその作家としての使命感は、場合は異なるものの、文炳蘭の追求したものとさほど変わらないと思われる。前述してきたように、文炳蘭と帚木蓬生は、現実の問題に「どうすればいいか」とつねに悩む、義務意識の強い作家だったといえよう。南吉にしても、平和の大切さを伝えようとするその精神がなかったなら創作はできなかったわけで、いってみれば、作家としての本業に怠けることはなかったわけである。

ただ、新美南吉の名声を意識すれば、一面だけ知られて、彼が社会的意識に目覚め、反戦平和の声を高めたのは勿論、資本主義矛盾や貧富の格差、疲弊した農村の現実などにも注目した事実を知らない人が意外と多いようだ。それが残念でならない。

交流最後の日（八月九日）、雨の降る中、名古屋市名東区所在の「戦争と平和の資料館　ピースあいち」に寄って、様々な展示物を見たことが思い出される。特に秋田県出身の小林多喜二について詳しく説明された文章を見出し、多喜二関係の理論書を韓国に紹介した訳者として嬉しく思う反面、多喜二の位相を改めて確認したような気がする。

沖縄戦で戦死した朝鮮人特攻隊員の光山文博少尉の写真を見てびっくりした。私は二〇〇六年「朝鮮人特攻隊と桜」という題で『京郷新聞』にコラムを載せたことがある。その時に知覧町の特攻平和会館についても調べたわけで、光山文博という名前と彼の顔写真に馴染んでいると思えてきたからだ。日本のために米軍の軍艦に突撃した朝鮮人神風特攻隊の犠牲には歴史的過ちが齎した何ともいえない悲運が漂っている。辛い気持ちとなったことを覚えている。

名古屋市公会堂で行われた「二〇一四　あいち・平和のための戦争展」は、「戦争する国を許していいのですか？　私たちは国の武力行使を認めません」というスローガンのように平和精神を内外に発信する目的下に規模から見ても、展示物の量から見ても緻密に用意されたもののような印象を受けた。光州でもこうした本格的な戦争展が開催されれば平和に対する市民の意識も高まるだろうと思うと、何だか羨ましい。

「安重根から影響を受けた日本人たちの活動」の話し、そして「二〇一四　あいち・平和のための戦争展」のピースステージで行われた「在日コリアン」をめぐっての講演会、「韓・日高校生討論会」で感じたことも多く感想がないわけではないが、次の機会に譲りたい。歓送会の時に同席した同胞学生とは思う存分にしゃべているつもりだったが、心残りがする。朝鮮プロレタリア作家について詳しく調べる気持ちもあるが、すぐに自分の研究テーマに戻ってしまい、伸ばしておいたままである。幸いに最近文炳蘭研究に凝っているので、それを言い訳にしたい。

帰る日、台風で電車に決まった時間に乗れず、帰国便の時間も延期されて不安だった。日本でそれほど強い風に会ったことはない。よい思い出となるだろう。

その時から今まで新美南吉を思い浮かべずに過ごした日はない。高橋信代表をはじめ、今回の韓・日青少年平和交流でお世話になった名古屋の皆様に心から感謝する。

第七章　韓《ハン》水山《スサン》『軍艦島』を読む

――朝鮮人徴用抗夫の視点より――

一　はじめに

『軍艦島』は、朝鮮人徴用抗夫の日常と、原爆被害者の問題をテーマとしている歴史小説である。この小説は二〇〇九年日本の作品社から出されたが、二〇一六年に同じ題名で、韓国の「創作と批評社」からハングルで出版された。二〇一七年には著名な俳優たちが登場する映画としても韓国や中国で同時放映されている。(1)二〇一五年、朝鮮と中国から徴用された人達が働きながら凄まじい被害を受けたその場所、「軍艦島」がユネスコ世界遺産として登録され、その登録の過程をめぐって韓国及び中国対日本の攻防が激しかったこともあり、今でも話題になっている。このように今だに韓日の懸案となっている島であり、一九二一年長崎のある新聞社が日本海軍の軍艦に似ていることから「軍艦島」と名付けたようであるが、(2)その島（正式な名称は端島で、地獄島とも呼ばれるのだが、以下「軍艦島」で統一する）で起こった様々な出来事が体験者の証言に基づいて具体的に描かれた『軍艦島』は、韓日関係の視点からみても非常に意義ある作品だといえよう。

戦後時代に生まれた作家が戦争体験のない今日の読者に、歴史の記憶を蘇らせるために『軍艦島』のメッセージを発信するに至るまでには、その契機となる出来事があった。果たしてそれは何事で、作品執筆にどのように反映されたのだろうか。

本章では韓水山が『軍艦島』を出版するに至った経緯や、朝鮮人徴用抗夫と原爆の問題に関心を持って執筆に取りかかることになった背景を明らかにしたい。そして『軍艦島』に描かれた朝鮮人徴用抗夫たちの生活や哀歓を探り、韓水山が改作を繰り返し、長期間かけて完成した『軍艦島』の意味を探求したいと思う。さらに『軍艦島』で見られる朝鮮人の徴用過程と生活像を分析することによって、戦争時代の実相とその残酷さに迫りたい。こうした試みは、紆余曲折の状況が続く韓日関係を目撃しながら生きる私たちにとって、『軍艦島』の問いかけの意味は一体何かを考える機会となるに違いない。

二　改作の経緯と執筆背景

韓水山はなぜ『軍艦島』を韓日両国で出版したのだろうか。そして、何のために改作し、内容を補う努力をしたのだろうか。

実はその原点を探ると、一九九三年に遡る。韓水山はその年、韓国の『中央日報』に『軍艦島』の元になった内容を『陽は昇り、陽は沈む』という題で連載した。しかし、「三年間の連載が惨憺たる失敗に終わった後」、「この失敗作の初めての場面だけを残しすべてを捨てたまま新たに書く作業に取り組みました[3]」と自ら述べているように連載は思う通りにはいかなかった上に不備な点なども多く、韓水山には満足できるようなものではなかった。

題名の由来についても不明な点がある。『陽は昇り、陽は沈む』という表題から徴用・原爆の問題は連想されない[4]。十年を経てから二〇〇三年、『カラス』（ハングルで五巻）という題で出版社「ヘーネム」から新たに出版したのはそのことも理由の一つであろう。

『カラス』という題名については、『カラス』の「作家後記」から推測できる。

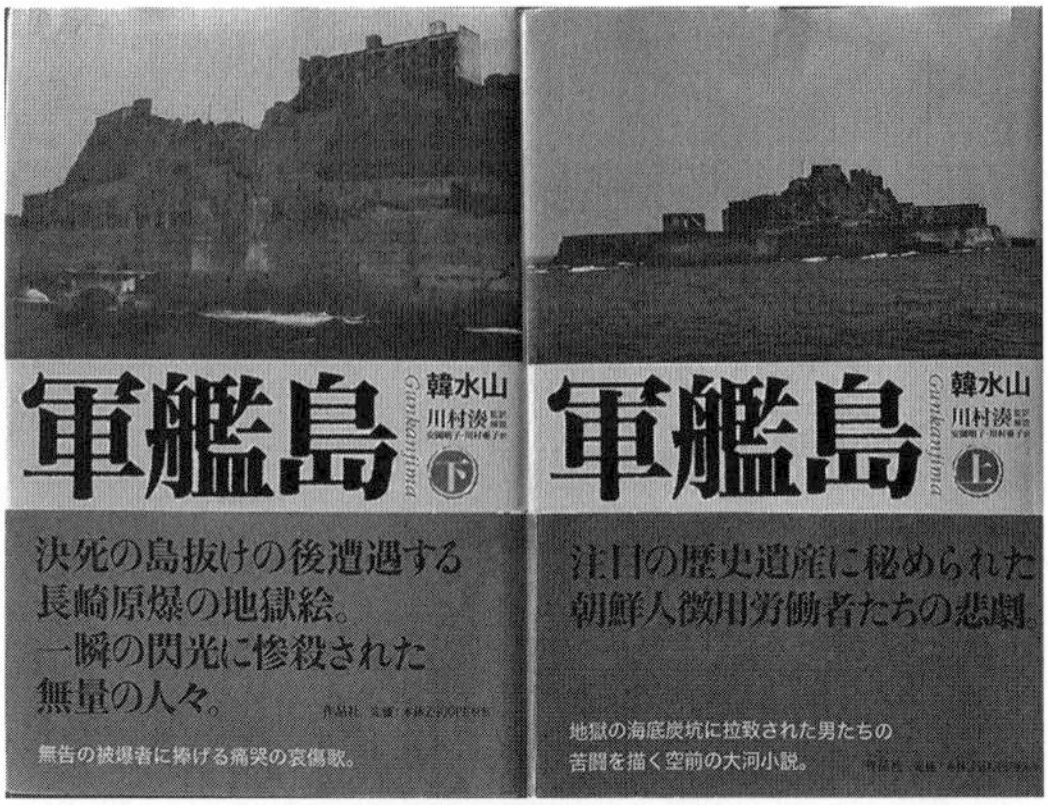

日本語版『軍艦島』の表紙

　日本の画家丸木俊夫婦はこの惨事を絵で描いた。死体をつっつきながら真っ黒く群れ集まったカラスの間に真っ白いチマ・チョゴリが浮かんでいく絵である。そして彼はこのように書いた。「屍にまで差別された朝鮮人、屍にまで差別した日本人……美しいチマ・チョゴリが故郷朝鮮に向かって飛んでいく。(5)」

韓水山は、画家丸木俊夫婦が描いた『原爆の図』の「カラス」からヒントを得たことを明らかにしている。(6)その図から悲惨な戦争と差別の構造、つまり植民地時代の朝鮮人と日本人の対極的な姿が見られたからである。しかも原爆が落とされた後の凄まじい光景と被害の状況も生々しく連想されたに違いない。丸木俊夫婦の意識には死ぬ時も死体収拾が遅れるなど差別され、カラスの餌となってしまう朝鮮人の哀れな姿が浮かんだのだろう。丸木俊夫婦は、その哀れな姿を「美しいチマ・チョゴリ」に形象化し、死者たちの冥福を心から祈る心境で描いたのではないか。この場面を原爆の問題に関心を注いでいた韓水山が見落とすはずがない。

実は韓水山は日本に渡ったその翌年の一九八九年、東京のある古本屋で「長崎在日朝鮮人の人権を守る会」代表、岡正治牧師が書いた『原爆と朝鮮人』という本を見つけ大きなショックを受けた。(7)そして原爆の被害の問題に並々ならぬ関心を持つことになった。彼が強制徴用と長崎被爆に対する悲劇の歴史に無知だったことを恥と思い、自責の念にかられるとともにこの問題を作品に形象化しようと決心したのはそのような理由からである。(8)そう考えていた韓水山の目に丸木俊夫婦が絵に描いた「真っ黒く群れ集まったカラスの間に真っ白いチマ・チョゴリ」の場面がただならぬものとして映ったのは当然であった。

かつて丸木俊は、一九七七年出した『女絵かきの誕生』（朝日新聞社）で「鳥」と小題目をつけ、「屍を放っておいたわたしは、屍にまで差別された朝鮮人被害者を、なんとしても描かねばなりません。そんな絵を描いたからといって、いままでの罪がゆるされるとは思いません。けれど描かねばなりません」[9]と省察の気持ちを込め述べている。広島と長崎に原爆が投下された後の惨状と残酷な都市の風景に接した彼の視線は、朝鮮人被爆者にまで届いていた。死体収拾の時さえ朝鮮人死亡者は差別される様子に日本人として良心の呵責を感じ、それを絵で表現せずにはいられなかったのだ。

それでは韓水山の『カラス』はなぜ『軍艦島』になったのか。これについては日本語版の解説を書いた川村湊の次のような指摘を参考にしたい。

　題名を変えたのは、日本の読者にとって、「カラス」よりも「軍艦島」のほうがインパクトがあるだろうという監訳者の判断による。（中略）『カラス』の題も棄てがたいのだが、作品の舞台が主に「軍艦島」と呼ばれる端島炭鉱であり、その呼び名が、日本の軍国主義や帝国主義を象徴するものであり、最近は特に近代日本の産業遺産として、世界遺産にも登録しようという運動が盛り上がり、廃墟ブームとして観光地化されているということもあって、注目度が高まるのではないかと期待できるからである。[10]

先の事実から、監訳者の川村湊が『カラス』から『軍艦島』に題名を変えるように働きかけたことが分かる。そして、「近代日本の産業遺産」としてユネスコに登録しようとする動きが日本に広まり、端島を訪れる観光客も増加する中、より一層注目度を高めようとする意図のもとに名づけられた点も納得できる。ただ物語の筋を追うと、前半に朝鮮人徴用抗夫たちが「軍艦島」まで連れて来られる経緯や「軍艦島」での過酷な日常、徴用抗夫たちの脱出過程などが「軍艦島」を舞台に展開され、後半には紆余曲折を経たあげくの末、「軍艦島」の脱出に成功した主要人物、尹知相《ユン・チサン》や崔又碩《チェ・ウソク》などが、長崎造船所や三菱長崎兵器住吉トンネルの工事現場に潜り込んで重労働に苦しめられる様子が描かれ、それが原爆の投下後の長崎市の悲惨な光景に繋がっている。

ということは、『軍艦島』の前半のストーリーがより話題性を呼び起こすだろうと考えた監訳者の構想が顕在化されたことを物語るわけで[11]、日本での出版ということもあり、題名の変更に韓水山が同意したのだと予測される。『カラス』から『軍艦島』への変更には日本での刊行に当たって、それなりの必然性があったのかもしれない。

当然小説を新たに発表する時点において韓水山の眼は、原爆の問題も重要だが、話題性豊富な「軍艦島」を浮き彫りにすることによって、戦争の悲劇と日本帝国主義時代の過ちを告発する方向に向かっていたと思われる。つまり時代が経るにつれ、日本の一般市民は、原爆の被害のような事件より産業遺産として浮かび上がる「軍艦島」に関心を注いでいる。しかし、そこに悲劇的歴史が隠されているにもかかわらず、その歴史的事実が日本市民に十分伝えられていない。そのことに疑問を持った韓水山は、作家としての義務感から作品の改名を行い、「軍艦島」の実体を知らせる意志を表明したのだといえよう。『カラス』から『軍艦島』に題名が変わったのは、こうした経緯があったに違いない。

韓水山は日本での発表に当たって五巻の作品を上下二冊にまとめ、小説の呼吸とストーリー展開の劇的な効果を狙って内容もかなり削除した。そして本の装丁も新しく変えている。『カラス』を発表するときにはなかった試み、例えば『軍艦島』の表紙には「軍艦島」の写真を入れ、上巻の巻頭には「軍艦島（端島）施設配置図」、またその後ろには「主な登場人物」の紹介欄を設けている。いわばそれらは読者の理解を深める装置として配列されているといってよい。何より上巻の最後に「日本の読者へ」という作家のメッセージ、下巻の最後に監訳者の解説が掲載され、構成のバランスもきちんと取れている。

それでは韓水山がこうした社会的、歴史的な問題に関心を持った背景には何があったのだろうか。彼はなぜ日本に渡ったのだろうか。

韓水山は、一九七二年『東亜日報』の新春文芸に短編小説『四月の終わり』の当選を果たし文壇デビューした後、一九七三年『解氷期の朝』、一九七七年『浮草』などを連続して発表し、韓国で著名な人気作家となった。人の内面を探り、散文詩のような流麗な文体で人間の生き方や生命のような本質的な問題を追求する作家として知られるようになったのである。

しかし、彼には生涯忘れられない出来事が起こる。一九八一年発表した『欲望の街』で描かれた一部の表現が、当時クーデターで政権を握った独裁者全斗煥と軍部権力を風刺しているという理由で、居住していた済州島《チェジュド》からソウルの保安司令部に連行された（二〇一一年「揚花津文化院」での講演席で韓水山が証言）。つまり『欲望の街』は一九七〇年代男女の出会いと愛を描写した普通の大衆小説であったが、ときどき登場する軍人やベトナム戦争に参加する兵士に対する挿話が軍部勢力と政権に抗する内容として判断されたのである。韓水山は言葉では形容できないほど酷い暴行とリンチ、そして苛酷な電気拷問を受けた。

これがいわゆる「韓水山筆禍事件」である。韓水山は二〇一〇年になって初めて『許しのために』を出版してそのことを明かした。そこで韓水山は保安司令部の取調べ官から最初に受けた質問は「金日成《キム・イルソン》にいつ会ったのか」、二番目に受けた質問は、「金大中にいくらもらったのか」だったという。[12] まったく関係ないことを聞かれた韓水山はそのようなことはないと答えたが、話の前後を問わず、凄まじい暴行をふるわれた。韓水山は「取調室、その密閉された部屋でどれほど多くの人たちが椅子に縛られたまま過酷な暴力に仰向けに倒れ、鉄製椅子の背もたれの端がセメント壁にぶつかったらそのような穴があいただろうか。それは生涯忘れられない絶望であった。そのセンメント壁の穴は私が体験した人類に対するもっとも過酷な悟りだった[13]」と告白したことがある。

酷い暴力と拷問に苦しめられてからやっと釈放された韓水山は、騒ぎになることを恐れた軍部の監視によりソウルでは入院できず、友人の助けを得て済州島の病院に入院することになる。そこで服を脱がされた時には、全身が真っ黒の状態だったらしい[14]。小林多喜二の拷問の場面が思い出されるのだが、電気拷問で手指の先まで真っ黒くなっていたことからその拷問の残酷さがうかがえる。韓水山は後遺症が残り三年間ほど絶筆せざるを得なくなった。しかしその後、当時保安司令官だった盧泰愚《ノ・テウ》が全斗煥の権力を受け継ぎ大統領に当選すると、現実に嫌気がさして日本に渡る決心をする。その時の心境を韓水山は、「何だ、このような世があるものか、これが祖国だろうか。このような国にどうして住めるか[15]」と思ったと、自ら証言している。この言葉から、その衝撃の大きさを推しはかることができよう。また作家の中に日本を知っている人もあまりいないので、直接日本へ行き、日本社会を体験してみたいということもその理由であったらしい。

重要なのはその筆禍事件を境に作品の傾向が変わったことである。韓水山も自らそのことを認め、「筆禍事件以前に比べて以降に私の小説は確実に変わります。以前には個人の意識世界をとらえていましたが、事件以降、意識してのことではないとはいえ、主に社会的脈略から個人の問題を見る文章を書くようになりました[16]」と語っている。筆禍事件を契機に韓水山の視野はもっと広がり、歴史的、社会的問題の方向へ目を向けることになる。韓水山に筆禍事件がなかったならば、日本には渡ることも、また「軍艦島」に出会うこともなかったかもしれない。

三　朝鮮人徴用過程と徴用抗夫の生活像

『軍艦島』は、朝鮮人徴用抗夫の李明国《イ・ミョングク》と張泰福《チャン・テボク》が「軍艦島」から脱出を謀る場面から始まる。彼らは地獄のような生活に堪えられず、その島から逃げようと決心するのであるが、そもそもなぜ長崎の「軍艦島」まで徴用されることになったのだろうか。韓水山は作品の冒頭に早くもその背景を記している。

長崎は巨大な軍需企業、三菱が支配する企業城下町と呼ばれてきた。その長崎から十八・五キロ離れた海上に浮いている島が高島で、日本有数の炭鉱地帯であり、特にその名は海底炭鉱の象徴として知られ渡っている。またこの高島からさらに五キロ離れた小さな島、端島は、炭鉱だけで成り立っている島である。三菱鉱業端島炭鉱だ。（自由への道　十二頁）

長崎は軍需産業の中心地で、その軍需産業に必要不可欠な石炭採掘のために海上の小さな「端島＝軍艦島」に朝鮮人が連れて来られたのである。三菱鉱業が軍需企業としてどれほど政府に協力していたのであるか、それが結局日本帝国の戦争遂行のためだったことを考えると、「軍艦島」をただの産業遺産とか観光地としてのみ見ることはできない。(17) 実は「朝鮮人・中国人の強制労働施設としては三菱造船所と端島（軍艦島）炭鉱，高島炭鉱があるが，これらに設置すべき説明板には、強制労働の実態を述べるとともに被害者数および死亡者数を記載しなければならない[18]」という主張に耳を傾けるべきである。

「軍艦島」には早くも十九世紀初頭から朝鮮人坑夫が働いていたらしい。「朝鮮人坑夫と日本人坑夫乱闘」（一九一九年）、「朝鮮人落盤で死亡」（二四年）、「高島とともに、鮮人坑夫三五〇余人との間に懇親会計画」（三五年）、「とばくで朝鮮人十二名逮捕」（三八年）といったような年表[19]は、朝鮮人坑夫たちが、「軍艦島」で日本人坑夫たちと一緒に労働しながら時には衝突し、時には事故に会い、時には哀楽を共にしていたことを物語るものである。

しかし、日本は日中戦争以降、膨張政策を取るためにますます軍需産業に力を入れていた。兵力増強を口実に、現場で働いている労働者を戦地に送ることもしばしばあった。九州の炭鉱地からも炭鉱労働者が次々と軍隊に召集され、三菱鉱業のような大きな石炭会社は労働者不足に苦しめられる。当然石炭生産に支障が出ると、日本帝国は植民地朝鮮から労働者を引き入れ、人手不足を解消しようとした。一九三九年には内務省次官通牒「朝鮮人労務者内地移住に関する件」を発表し、大規模な鉱業会社に朝鮮人労働者を募集することを公式に認定、許可する。

こういった時流によって「軍艦島」に朝鮮人が本格的に強制徴用されてきた。いわば「安い賃金で抗夫不足を解消できる人間市場として朝鮮を選んだ日本」は、「鉱業会社から人を派遣し、朝鮮全域を回らせ、「募集」という名目で抗夫を集めていた」（自由への道）のである。「軍艦島」年表に一九三九年「朝鮮人労働者が坑内夫として集団移住開始[20]」と記してあるのは、その事実を

名古屋三菱・朝鮮女子勤労挺身隊

明らかに裏付けるものである。そして一九四二年の状況に対しては、「一九四二年の七月、朝鮮総督府は朝鮮全域から人的資源と物資を根こそぎ収穫することに全力を傾け、国民義勇隊なるものを作って警備体制を強化すると同時に、これに非協力的な朝鮮人に対しては大規模な弾圧と検挙を断行した」（自由への道）と明記してあるので、その武断政策の弾圧の酷さが予測できよう。太平洋戦争の最中（一九四三年）には、労働力不足の状況がより深刻になり、五〇〇人の朝鮮人徴用坑夫が働いていたとのことで[21]、日本政府の「朝鮮人労務者活用に関する方策」は、何の妨害を受けることもなく進められていたのである。

やがて「役所が介入するようになり、住民の中から労働力になる者を選別、めぼしをつけ、強制的に連行することを合法化し」（自由への道）ている。いわば日本の権力が介入した「官斡旋」で、ついには「朝鮮の幼い少年をも手当たり次第に炭鉱に送り込むという」「無差別徴用」を行った。幼い少年だけではなく、さらには幼い少女たちを、「女学校に入れるしお金も稼げる」という口実をつけ、三菱重工業名古屋航空機製作所などに連れていき、賃金もやらず過酷な労働を強要した[22]事実は、日本が当時いかに強制徴用に血眼になっていたかを証明する。作家もこの事実を忘れず、「「女子挺身勤労令」というものも実施し」、「十二歳から四十歳までの数十万人に達する女性たちを、強制的に朝鮮半島や日本の軍需工場に連行した」（自由への道）と書き入れているのである。

『軍艦島』で朝鮮人抗夫として登場する主要人物たちは、戦争中に三菱鉱業が炭鉱の労働力不足で最もあえいでいる時、徴用された。親日派尹斗瑩《ユン・トゥヨン》の次男で主人公の尹知相まで「軍艦島」に送り込まれたのは、当時の軍需企業が相当窮地に追いつめられていたことを示すものである。

長男の尹夏相《ユン・ハサン》は家の跡を継ぐ立場であり、彼の代わりに徴用に行かされることになった知相は、春川《チュンチョン》駅の横に待機していたトラックに乗せられる。妻崔書瑩《チェ・ヒョソン》が妊娠したことを知らされたばかりなのにトラックに乗って京城《キョンソン》駅（現ソウル駅）まで移動し、京城駅から釜山《プサン》行きの汽車に乗り換えなければならない知相の心境がどれほど辛いものだったか、いうまでもない。知相はその時の気持ちを「親日派の息子も徴用されるんだよ。親日派の父親が投げた石が息子の額に命中したのさ」（親日派）ともらす。

下関行きの関釜連絡船での描写はもっとリアルである。知相が目まいを感じて甲板に出ようとすると、警備員が来て「どこに行く」と聞く。「吐き気がするので、ちょっと外に」と答えると、警備員は「この馬鹿野郎」と怒鳴りつけながら竹刀で肩先を打つ。「中に入れ！」「彼の竹刀が空中に持ち上がったのを見た瞬間、知相は背後のドアを引っ張った。無我夢中で、蹴飛ばされた子犬の様に身をすくめながら中に飛び込んだ」（関釜連絡船）という表現から祖国をなくし奴隷のような扱いをされる植民地民としての悲しみと悲哀が伝わって来る。知相は、家族や親元を離れ日本行きの船に乗った徴用者の立場だとはいえ、労働力不足を補いに日本に行くのであり、このように酷い目に会うとは思いもしなかったのだろう。親日派の家族なのにいったいどうしてこのような待遇を受けざるを得ないのか、どうしてこのような暴力を振るわれなければならないのかを体で切実に体験していたのではないか。韓水山は知相の徴用過程を生々しく描くことによって、日本と軍需企業の結託の下に行われる朝鮮人徴用者に対する暴力の実相を明らかにしているのである。

それでは徴用者たちが着いた「軍艦島」は如何なる場所だったのだろうか。「軍艦島」は、「一度島に足を踏み入れたら最後、完全な孤立状態に置かれた」（自由への道）ところとして紹介されている。「完全な孤立状態」というのは、島の周りを流れる急流が激しく、徴用抗夫たちが島から逃げ出すこと自体が不可能であるという意味である。そこは警備が厳しく、「強制収容と何ら変わらない処遇」を受ける場所という意味をも含む。ここからも「地獄島」という名が付けられた理由を見いだすことができよう。

徴用者たちにとってもっと辛かったのは、自分たちの宿舎が日本人労働者の宿舎のように陽の指すところではなく、いつも海水で濡れている北側の端にある二棟の建物だったことではないか。「朝鮮人の強制徴用工を監禁している収容所のような宿舎」（自由への道）という表現がちょうど当てはまるのである。徴用者たちは塵肺症で毎日咳き込み、皮膚病に掛かって股ぐらを掻きながら生活するしかない。彼らは朝食として「大豆糟の混じった口当たりの悪い水っぽい麦飯」（地獄の島　端島）を食べた。「おかずは数切れのたくわんに鰯と大根の煮つけ」で、「鰯も大根も箸をつければぼろぼろと煮崩れして、噛めもしなかった」（地獄の島　端島）というので、どれほど劣悪な食事状況だったかが分かる。

彼らの日課は、朝六時に集合することから始まった。働く時間は十二時間だったが、自分に割り当てられた「一日の採炭量」のために時間を超えて働き続けなければならなかった。「坑内の諸事情により作業時間は十五時間内外に延びることもあった。作業量が増え、それを満たさない限り抗の外には出られないからである」（椿の花を持つ女）という記述は、三菱鉱業が朝鮮人徴用抗夫たちを奴隷のように扱っていたことを裏づける。一カ月に何度も「大出日」だという都合で二十四時間作業もさせられたと記してあるので、朝鮮人徴用抗夫が精神錯乱を起こすのは当たり前だろう。しかし、労務係はその精神錯乱を起こす抗夫を病院に送るどころか、手当たり次第に殴る。「腰、肩、さらに背から尻まで、死ぬか思うほど殴り続けた」のであり、その行為は犯罪にほかならないものであった。韓水山は、時には自分の考えを独白のように吐露したり、時には読者に語りかけるように知相の視点を通じて非人道的な三菱鉱業労務係の蛮行を赤裸々に暴き出したりする。それは「軍艦島」での朝鮮人徴用抗夫の日常が人間の様式としては理解できないものであり、その行為を犯した大型企業の間違った権力乱用を到底許し難いものと思ったからであろう。

実際「軍艦島」で徴用抗夫として働いていたパクジュング氏（全羅南道《チョルラムナド》出身）は、当時を回想し、「月給があるものか。昼夜遮二無二働かされて、食事とはこれぐらいの握り飯二つをくれただけ。それで炭鉱でわが国朝鮮が住みよかったという思いがして。口ではいえない。死なずに生きているのが天運だよ[23]」と述べている。韓水山に「軍艦島」炭鉱での生活を具体的に証言し、『軍艦島』が完成するのに大きな貢献をしたソジョンウ氏は、次のように語ったことがある。

> 十四歳の時、端島に徴用されました。私は毎日急速に衰弱していきました。ところが仕事を休むと、監督に管理事務所に連れていかれ、やたらに殴られました。「はい、仕事に出ます」というまでリンチを受けました。堤防の上から遠くの朝鮮のほうを見ながら何回も海に飛び込んで死のうとしたか分かりません。同僚中に自殺した人や、泳いで陸地に逃げ出そうとして溺れ死んだ人が四十～五十名いました[24]。

朝鮮人抗夫として「軍艦島」で働いた証言者の証言は、作品中の知相や彼の同僚たちの生活がどれほど苦痛を伴うものであったかを証明するものである。作家韓水山は、証言者ソジョンウ氏と一緒に「軍艦島」の現場を直接訪れ、現場で証言を聞いてそれを作品に刻み込んだのであり、(25)その証言が作品にそのまま活かされているのはいうまでもない。

ソジョンウ氏の証言などは小説のリアリティーを高めるよい材料であったのだろう。朝鮮人徴用抗夫の日常がどれほど苦しいものであったかということに対する正確な根拠を示す確証となったからである。『軍艦島』の朝鮮人抗夫たちは、現実に対する不安感と地獄のような日常に生を諦めてやっと延命する姿として描かれる。徴用抗夫の多くは肺結核を患っていったし、栄養失調の状態で死んでいく。事故も頻発に起こり、病気を病んでも石炭採掘の現場に投入されないことはない。月給明細書には現金支給欄にゼロと書かれ、宿舎では天井からネズミが落ちるなど希望のない生活の連続であった。石炭採掘の現場では増産ばかりを叫ぶ監督たちの監視の目から逃れることができない。少しでも休んでいると、酷い暴力が加えられた。ついに彼らはその暴力の日々に堪えることができず、積極的に脱出を求めざるを得なくなるのである。

四　朝鮮人徴用抗夫たちの脱出、蜂起

朝鮮人徴用者抗夫たちが脱出を試みる場面は四回出てくる。彼らにとって、犠牲者が続出している中、石炭採掘を無理矢理進めていた三菱鉱業の下手人たちや労務係に最も激しく抵抗する方

法は、命をかけて島から逃げ出すことしかなかったと思われる。脱出に失敗したら死ぬことを知っていながらも次々と脱出計画を実行していくのはそれゆえである。本格的な蜂起に至るまでにはこうした脱出が何回も行われたわけで、脱出を蜂起の過程として捉えることができるであろう。そして最終的な脱出は蜂起と共に実行されるのであり、脱出と蜂起を切り離して考えることはできない。

最初、泰福と三植《サムシク》と京学《キョンハク》が脱出を決めた時に彼らは、死んでも祖国に帰って死にたいという願望から計画を実行に移した。ところが明国は彼らに誘われたにもかかわらず「軍艦島」に残る。どうして明国は同僚たちに合流できなかったのであろうか。もちろん、そこから彼の葛藤をうかがえる余地もなくはないのだが、脱出に成功した人を目撃したことのない彼には無謀な計画として思われたからである。結局脱出は失敗に終わり、三植は明国の思う通り死体になって帰ってくる。そして京学は行方不明となり、泰福は捕まえられて労務室の地下室に連行され、瀕死の状態に至るまで暴行されることになる。

留意したいのは、さらに大胆な行動が見出される場面があるという点である。様々な拷問を受け続けた泰福は、彼の両手が木の棒にくくりつけられ、体が天井にぶら下がるつもりだった瞬間、「斎藤の首を背後から締め上げ」、「真鍮の箸で斎藤の喉仏の下を刺し」（生きている者と死んだ者）てしまう。脱出した同僚たちと親しいという理由で明国も地下室に連行され調べられるが、泰福は明国とは違って真正面から立ち向かう。ついに泰福は刑務所に投獄される。

二回目の脱出では、機会を伺っていた明国が知相に脱出の意向があると判断し、一緒に脱出しようと誘う。朝鮮人徴用抗夫の中では先輩に当たる明国は聡明な人間として描写されているが、「軍艦島」の生活に希望の兆しを見出すことができず、島から離れることを決心する。知相はすでに脱出を決めており、明国からその話を聞かせてもらう瞬間、待っていたように同調する。明国の計画は緻密であった。泳いで島から抜け出すことこそ失敗の確立が一番高いことを知っていた彼は、「野菜売りを買収して、野菜桶に隠れて逃げる」、「雨の降る日にその船底を摑んで逃げる」、「肥料用に人糞を回収する大型タンクに身を隠す」（あなたがいるから）方法などを考える。そしてどうすることもできない時には、泳いで逃げるしかないと思っていた。

しかし、二回目の脱出は、石炭採掘現場での陥没事故で明国が足に負傷を負うことによって、実行できなくなってしまう。足を切断せざるを得なくなった明国の心境はどのようなものだったのだろうか。ところで知相は又碩、萬重《マンジュン》と共に明国の入院している病院にお見舞いに行ってからの帰り道で又碩に再度一緒に脱出しようと誘われる。絶望に陥った知相の前に高校の同期生、又碩が命がけの同志として出現するのである。

三回目の脱出は、知相と又碩を中心にその具体的な計画が進められる。そして蜂起の兆しも見え始める。日本人を相手にする遊郭で働く錦禾《クムファ》と恋人の関係になった又碩は、三菱鉱業の関係者たちに立ち向かう時、だれよりも先頭に立つ行動派として描かれる。彼は以前から「朝鮮人徴用工の待遇にいつまでも甘んじていないで、一度立ち上がらねばならないと常々思っていた。朝鮮人は水に水を混ぜたように、根性も気概もないと思っているらしいが、いっぺん、目にものをみせてやる」（敵と同志）と腹を据えていたのである。

海の流れが激しいので、まず「中ノ島」に逃げ出し、そこで筏を作ってから脱出しようという成必洙《ソン・ピルス》の提案を引き受けた知相と又碩は、警備員の場所を確認するなど脱出準備を整える。しかし脱出の日、又碩は防波提から飛び降りる時に、「危ない岩」に左足を引っ掛け、大きな負傷を負ってしまう。結局又碩は防波提の上に取り残され、知相と必洙だけが脱出する。彼らが脱出を実行する瞬間、錦禾は彼らに知らせず、警備員を酒で誘惑しているのであるが、彼女の愛する又碩の脱出は失敗に終わってしまう。

女性としては恥辱的な酷い拷問を受け、結局海に身を投げてしまう錦禾。又碩は悲痛な心境で彼女の死体を収拾する。そして、彼は彼女との思い出を大切にするため、彼女の骨一片を自分のポケットに入れ、朝鮮人徴用抗夫たちの蜂起の先頭に立つのである。

四回目の脱出は、いわゆる蜂起そのものであった。当日、労務係の連絡事務所が占拠されるなど蜂起の計画はそのまま実行される。労務係の事務所だけではなく、寮の前で徴用抗夫たちは棒とツルを持って警備員たちの侵入に備えて守り、夜にはそこで棍棒を手にして焚火を焚き、「アリラン」の歌を合唱する。鉱業所の日本人たちも竹槍で応酬し、朝鮮人と日本人との本格的な戦いが繰り広げられる。戦況は激しい投石戦に拡大し、双方の対立が続いているが、朝鮮人徴用抗夫たちは、鉱業所側の兵隊を動員した銃撃戦には対抗できず、退却するしかない。その合間をぬって又碩は朴一柱《パク・イルジュ》と一緒に東の防波提を越え脱出する。こうして朝鮮人徴用者たちの激烈な蜂起は一段落するのである。
ここで朝鮮人徴用抗夫の蜂起の理由を考えてみよう。彼らはいったい何のために立ち上がったのだろうか。見逃すことができないのは、脱出の意味が語られる場面である。三回目の脱出の前夜、その意味が知相を通じて提示される。

俺たちはどうしてこんなことになったのか。なぜ逃亡しなくてはならないのか。自由を手に入れるためだ。ではその自由とは何か。いろんな言い方があるだろう。だがそれは簡単なことかも知れない。国がないからだ。言いたいことを言って暮らし、したいことをして暮らせる場所、それができるところが国だ。祖国というものだ。俺たちはその国を失った。すべての間違いはそこから始まった。（脱出前夜　四六三頁）

親日派の家で育ち、日本に徴用された知相の頭脳にも「祖国」という概念がくっきり根を下ろしている。「自由」＝「国」を失った植民地民として辛い体験を繰り返してきた彼は、その「祖国」を失った人間としての苦悩と辛さをだれよりも切実に味わったわけだ。知相は、「祖国」の大切さと、自由のない被抑圧民としての苦しい状況を同時に認識することになったのであり、彼の成長した姿が見出されるといえよう。

作家韓水山は、脱出計画と脱出過程の場面を具体的に描きながら常に何のための脱出であるかを読者に喚起する必要性を意識していたと思われる。「脱出前夜」の心構えを新たにする主要人物の成長を描くと同時に、脱出の意味とその根拠を重要なメッセージとして読者に発信しているのはそのような理由からにほかならない。

五　作品の特徴と主題

ついに脱出に成功した知相は日本人老夫婦の助けを得て、その夫婦の花婿が勤務する三菱長崎造船所に入り、又碩は地下工場の建設の現場で働くことになる。ところで、作家韓水山は主要人物たちの行動を追うことに焦点を当てるだけではなく、太平洋戦争の戦況を具体的に報告しながら、悪条件の下でいかに生きるかを苦悩し、帰郷する日を待ちつつ生に向かって必死にもがき続ける彼らの姿を描く。

知相と又碩が長崎に定着し生活している時、日本はアメリカの攻撃により太平洋の島々を失い、さらに沖縄までアメリカに侵攻される。沖縄の市民たちはアメリカの捕虜になるよりは集団自殺を試み、母が娘を殺害したのち自決する家族もあったという。戦争が生み出す悲劇的惨状と悲痛さを実感せずにはいられない。

アメリカの空襲で地下に建設中のトンネルで労働する又碩も、長崎造船所の朝鮮人徴用者に日

長崎の原爆で破壊された寺院と仏像

本語を教える知相も、結局一九四五年八月九日長崎に投下された原子爆弾からの被爆を避けることはできない。長崎の建物は全て破壊され、街は廃墟になり、あちこちに死体が散らばっている凄まじい光景を、知相と又碩は目撃しながらもどうすることもできない。ついに又碩は原爆で負傷した体の傷が悪化し命を落としてしまう。知相は明子を病院におろして街を徘徊するしかない。知相が恐怖と不安に晒されながら「失われた我々の国に帰るんだ」（さよなら長崎）と誓うところで作品は幕を閉じる。

　ここでこの作品の特徴を形式と内容に分けて考えてみたい。まず、作品における場所が知相の実家、「軍艦島」、書蛍の実家、長崎造船所、トンネル工場、原爆の現場へ移るとともに、その場所での中心人物の目を通して三人称で語られる点が目につく。例えば「生きている者と死んだ者」では「京学は生きているだろうと思っても、胸が締めつけられそうな今の明国にそれは少しの慰めにもならなかった[26]」というふうに明国の目から語られ、「朝鮮の娘」では「暗闇の向こうを川のせせらぎが通り過ぎていく。流れるのではなく通り過ぎていくと書蛍は思った[27]」というふうに書蛍の目から語られる。主人公は知相と又碩といえども場面が変わるにつれ、時には明国が、時には書蛍が語りかけるのである。言い換えれば、場面が変わるにつれ、視点人物もその場所にいる者に変わり、これが物語の展開において非常に立体感を与えていると考えてよい。

二番目に注目したいのは時間の問題であるが、この作品における時間は、物語の展開上、知相や書蛍、又碩や錦禾などの人物が思い出を振り返る立場に立って語ることによって、時折現時点から過去に遡る場面があるとはいえ、大抵は事件に沿って順次的に進む。太平洋戦争の戦況も、徐々にアメリカ軍の空襲が激しくなり、ついに原爆投下に繋がっていく。原爆が後に投下されるようなこともなければ、その被害の様子が予め提示されるようなこともない[28]。

三番目に取り上げたい特徴は、小説といえども物語の所々には重要な歴史的事件やその背景、実存する人物についての説明がついている点である。例えば、ストーリーが進むにつれ、「軍艦島」の背景や長崎軍需企業の実体、太平洋戦争の戦況、原爆の背景とその被害などの重要な歴史的事件がフィクションとしてではなく、事実の内容として書かれている。例を挙げると、「関釜連絡船」については「関釜連絡船は、韓日併合以前の明治三十八年（一九〇五）に山陽鉄道株式会社が開設し、朝鮮侵略の門戸になった[29]」と書いてあるし、太平洋戦争末期の学徒出陣については「日本は六月に「学徒戦時動員体制確率要綱」を決定していた。すでに勤労動員令により、三百万の学生たちが教室を後にして、各地の軍需工場に出ていった。さらに「教育に関する戦時非常措置方策」というものも決定された[30]」と説明されている。その事実はフィクションとは違って、作り話ではない。当然韓水山の長期間の調査と資料収集によって説明されたものであるが、読者の立場からみれば、その内容は物語とはっきり区分されているので、どれが事実でどれが物語の内容であるかを見分けて読むことができる。

四番目の特徴は、朝鮮のことわざや、笑い話、俗語などが豊富に使われている点である[31]。抗夫たちが使う言葉は勿論、家庭や仕事場などの現場において使用される生きた言葉が適材適所に配置され、作品の面白さが倍加している。朝鮮人坑夫たちは苦痛な日常にも諧謔を弄したり、冗談を言いながら朝鮮人庶民に通じるエスプリのきいた語り口を交わす姿を見せるのであり、それが緊迫した状況にも朝鮮人たる余裕を呼び起こしている。同時にその傾向は、読者と小説の人物との距離を無くし、読者に現場感溢れる効果を与えている。特にそれは対話の中にユーモア漂う面白い表現として登場することが多く、読者は説得力ある文章として読むことができるのである。

五番目の特徴は親日派の家族、知相が主人公として設定され、また、企業慰安婦の錦禾も主体意識を持った女性として描かれている点である。普通反動的人物で描かれるべき対象が主導的人物として登場する。知相は父親尹斗瑩が親日派であったので、朝鮮人が逼迫を受ける時代に様々な恵みを受けて育ったが、日本へ徴用に行き、祖国を愛する朝鮮人として生まれ変わる発展的人間として描写される。錦禾も又碩と愛し合ってから、警備員を誘惑しながら朝鮮人徴用抗夫たちの脱出を手伝うのみならず、又碩との恋情を守るために死を選択する主体的女性として描かれる。

次に、この作品の示す主題について考えてみたい。戦争が招いた朝鮮人徴用者の悲劇は今でも現在進行形である。韓水山は「日本の読者へ」と題して、次のように語っている。

歴史の暗い傷跡は消えないし、消え去ることもありません。ただ人々は時間とともに忘れていきます。私はこの小説で朝鮮人被爆者の、決して忘れてはならないし、また忘れることのできない「あの時代」を復元しようとしました。

この小説の物語が、忘却の虫たちに蝕まれている「あの時代」を生きた人々に捧げる一房の花であることを、彼らに供える一条の香であることを、私は小説を書いている間中、忘れることはありませんでした。[32]

韓水山は、あまりにも大きな歴史的悲劇がただの過去の記憶として忘れ去られていくことを警戒している。その上に韓水山は、国家イデオロギーの抑圧と戦争の悲劇を、徴用者たちの人生と原爆の惨状を通じてありのままに描くことで、二度と戦争は起こってはならないという宣言をするとともに、平和と人間愛の精神を強調しているといえよう。韓水山は国と言語と名前を奪われた朝鮮人徴用抗夫たちが「軍艦島」でどのような生活をし、会社側の権力抑圧にどう抵抗していたのかを具体的な証言と資料に基づいて描いた。そして彼らが長崎に脱出したものの、弱り目に祟り目、長崎でも被爆の身になってしまう姿や、原爆現地の残酷な様子を生き生きと描写している。徴用と原爆のテーマを念頭におきながら朝鮮人の悲劇を語るこの作家は、「彼らの歴史を文学と記憶で正しく立て直す[33]」ことに必死だったのである。

その意味で取材の時、協力を得た徴用被害者のソジョンウ氏に対する思いを述べた作家の告白は、非常に重要な意味を示していると思われる。「だれのせいであの十五歳の少年が、病気に掛り疲れきった七十代のみすぼらしい老人になってしまったのだろうか。日本人か。朝鮮人か。歴史か。私の目に涙が流れ、あの方の姿が見えなくなった時、私は決心する。これは必ず書く。これは再現ではなく、復元である。この方たちの歴史を文学と記憶で立て直さなければならない[34]」と誓ったからである。

ただ注意したいのは、韓水山は『軍艦島』を通じて、決して特定の対象に対する憎しみやそのような表面的描写に重みを置くこともなければ、そこに読者へのメッセージを書き残してもいない点である。韓水山は自ら「私は、われらの個人の生、一つ一つを破壊するのは表面的に表れた対象（日本、日本人、そして親日派）ではなく、彼らの後ろに隠された制度、環境、集団などの巨大な罪悪である。（略）それを描き出そうとした[35]」と強調している。作品を水面上に浮かんでいる氷と見なし、水中に沈んでいる見えない氷に人間性を抹殺する「巨大な罪悪」の実存を見出そうとした試みなのである。見えない氷はつまり作品に形象化されたものとして捉えてよかろう。つまり水面上の作品を通じて水面下のものを読者に喚起させる意図を明らかにしているのであり、韓水山にはそれこそ真実の復元であったといえよう。

従って読者は、この作品を通じて韓日の不幸な歴史を振り返るだけではなく、逆境の時にも「創造的再生を目指す人物たち(36)」が存在していたことに気づく。そして人間の生が意味するものは何か、戦争と平和、自由とは一体何かを考えさせられるに違いない。この作品は太平洋戦争の時に、日本で人類にあってはならないことがなぜ起こったのかを問いかけているからである。

六　おわりに

韓水山は不幸な背景と生い立ちを持って日本に渡り、さらに逆境に陥った朝鮮人たちが祖国愛と真実の歴史に目覚めていく過程を黙々と作品に刻み込んだ。韓水山にとってこうした朝鮮人徴用者たちの一挙手一投足に注目することは、彼らの「死、慟哭、呻き声、無念さと怒りに染められた「恨」の日々(37)」を一つも落とすことなく描写することであったに違いない。

「軍艦島」での重労働、三菱鉱業関係者たちから受ける差別、同僚たちの死、これが朝鮮人徴用抗夫たちの日常であった。注目したいのは、韓水山がそれを作品に形象化したとはいえ、決して一貫して被害者朝鮮人対加害者日本人という図式に拘って書いてはいない点である。祖国を奪い取られた人間の苦しみを描くと同時に、朝鮮人同士に見られる葛藤やその地位の格差も書き入れている。作品から受ける生々しさと生動感あふれる描写に心を打たれる理由はここにある。作品の終盤に描かれる被爆の場面でも、知相は自分も傷を受けている身でありながら自分を助けてくれた恩人、江上老人の娘、中田明子が負傷を受けたことを確認し、彼女をおぶって被爆地をあちこち徘徊する。知相は疲れ切って地面に体を丸めなければならない状態であったにもかかわらず、彼女のために病院を探して歩き回るのだ。

被爆地での韓水山の視線は、朝鮮人の死体収拾に関する問題を提起しながらも究極的には国境と身分を超え、朝鮮人と日本人という一般的観念を超えて、人間の本質的価値を問う方向に向かう。朝鮮人徴用者たちの被爆者救援や被爆地の被害収拾の場面に感動するのは、その視線からの書き方によるものにほかならない。韓水山は、人間性を喪失し自由を求める徴用抗夫の問題を取り上げるだけではなく、我々を破滅の縁に追い込む、許すべからざる状況に対してもメスを入れている。このように人間の本質を追求する作家の記録が、人類の普遍的価値を保つための平和の響きとして聞こえる理由もそこにある。『軍艦島』が東アジアの平和に貢献する作品として大輪を咲かすことを願ってやまない。

注

（1）映画「軍艦島」と、韓水山『軍艦島』が同じ内容ではないということについては、作家韓水山も自ら証言している（二〇一六年八月十二日の光州講演後の懇親会で）。二〇一七年韓国では映画にも「軍艦島」という題目が付けられ、小説と共に話題を呼び起こしたことがあるが、映画はこの小説とは違い、リアリティに欠けているという評が衆論である。

(2) 一九二一年、『長崎日日新聞』が三菱重工業長崎造船所で建造中の日本海軍の軍艦「土佐」に似ているということで「軍艦島」と名付けている。

(3) 「作家の言葉」(『軍艦島』(ハングル版) 創作と批評社、二〇一六年) 四七二頁。

(4) このことは、楠田剛士「朝鮮人被爆者を「語る」―韓水山『軍艦島』の場合―」(『原爆文学研究』十二、二〇一三年) 一九六頁に指摘されているが、論者もそれに同意する。

(5) 「作家後記」(『カラス』ヘーネム、二〇〇三年) 二五六頁。

(6) 『カラス』という題名が画家丸木俊夫婦の描いた『原爆の図 下』から由来するという点は、同注(4) 一九七頁にすでに言及されているが、論者も重要だと判断し再論している。

(7) 「韓水山氏、日本で小説『カラス』出版記念講演会を開く」(『OhmyNews』二〇一〇年三月五日付) などに詳しい。

(8) 同注(3)。

(9) 楠田剛士「朝鮮人被爆者を「語る」―韓水山『軍艦島 下』の場合―」(『原爆文学研究』十二、二〇一三年) 一九七頁から再引用。

(10) 「解説「軍艦島」について」(『軍艦島』作品社、二〇〇九年) 四八〇頁。

(11) 同注(4) 同頁にも「「世界遺産」登録運動や「廃虚ブーム」による「観光地化」といった流行性・話題性」を指摘する表現が出ている。

(12) 二〇一一年「揚花津文化院」での「カトリック文学の地平」という題の講演席で証言している。
(13) 韓水山『許しのために』(ヘーネム、二〇一〇年)一八九頁。
(14) 同注(12)。
(15) 同注(12)。
(16)『国民日報』(二〇一〇年四月二十一日付)
(17)「軍艦島」などのユネスコ世界遺産登録において、韓日間には食い違いがあり、世界文化遺産委員会の調整で日本側の代表が「日本は、一九四〇年代にいくつかのサイトにおいて、その意思に反して連れて来られ、厳しい環境の下で働かされた(forced to work under harsh conditions)多くの朝鮮半島出身者等がいたこと、また、第二次世界大戦中に日本政府としても徴用政策を実施していたことについて理解できるような措置を講じる所存である」と表明し妥協が成立したが、「軍艦島」は観光地として知られているのみで、この事実を知っている日本人は少ない。
(18) 高実康稔「長崎と朝鮮人強制連行」(『大原社会問題研究所雑誌』二〇一六年)一三頁。
(19) 柴田弘捷「「記憶」の無人島・軍艦島—廃鉱の島・長崎県端島」(『専修大学社会科学研究所月報』二〇一〇年)六九頁などに詳しく紹介されている。
(20) 同注(19)。
(21) 同注(19)。
(22) 勤労挺身隊ハルモニと共にする市民の会『法廷に刻んだ真実』(図書出版 ソンイン、二〇一六年)

二四二頁。
(23) キムホギョン外『日帝強制動員、その知られない歴史』(ドルベげ、二〇一〇年)八四頁。
(24) 同注(23)八六頁。
(25) 『東亜日報』(二〇一六年五月十九日付)などに詳しく載っている。
(26) 「生きている者と死んだ者」(『軍艦島　上』作品社、二〇〇九年)一九頁。
(27) 「朝鮮の娘」(『軍艦島　上』作品社、二〇〇九年)一〇三頁。
(28) 例えば、帚木蓬生『三たびの海峡』(新潮社、一九九五年)は、若い時徴用者として日本に行った河時根《ハ・シグン》が帰国し、大きな会社を経営する会長の立場から四十年ぶりに海峡を渡る物語として展開される。従って、時間は河時根の現在から四十年前の過去に、そしてまた現在に復帰する(息子の時郎に遺言を書き残す場面が結末)という形で大きな区切りとなっている。
(29) 「関釜連絡船」(『軍艦島　上』作品社、二〇〇九年)一六一頁。
(30) 「特攻隊の遺書」(『軍艦島　下』作品社、二〇〇九年)二八三頁。
(31) 例えば「韓水山氏、日本で小説『カラス』出版記念講演会を開く」(『OhmyNews』二〇一〇年三月五日付)に作品紹介も載っているが、そこには「労働者たちが一緒に抵抗と脱出を謀議し夢見る、(略)苦しみの中でも古諺とユーモアを通じて云々」という内容がある。論者もそのような見方に同意し、『軍艦島』に登場する朝鮮人徴用抗夫たちが脱出をはかる時などの極端な瞬間にも彼ら特有の余裕を見せたり諧謔を交わす場面を注目したい。

（32）「日本の読者へ」（『軍艦島 上』作品社、二〇〇九年）四六八頁。

（33）二〇一六年八月十二日に韓水山は、「勤労挺身隊ハルモニと共にする市民の会」など、光州の市民団体（三十五個）主催の光州講演（全南大学校博物館）の席上で、「『軍艦島』、私はなぜこの小説を書いたのか」と題した講演レジメにこう書いている。

（34）「軍艦島」の取材に同行してくれたソジョンウ氏との出会いは、『軍艦島』の執筆に（作家に）刺激を与えた出来事であったに違いない。十五歳の時、「軍艦島」に連れられ徴用抗夫として苦しい生活を強いられた彼は、取材の時七十代になり、片方の肺と腎臓をなくし病気を避けることができない肉身の状態にも拘らず、韓水山を見送りに電車の停留所まで来てくれたそうだが、韓水山は光州講演のレジメにその思いについてこう述べている。

（35）同注（33）。

（36）韓水山は「『軍艦島』、私はなぜこの小説を書いたのか」と題した講演レジメに「如何なる苦難の中でも人間は創造的に再生する。それが今私自信が届いた文学的住所であり、『軍艦島』もその一つである」と述べたことがあるが、作家は『軍艦島』で「創造的再生を目指す人物たち」を描いたともいえよう。

（37）「日本の読者へ」（『軍艦島 上』作品社、二〇〇九年）四六六頁。

付記　本章の理解を深めるために

『軍艦島』は、韓水山が「筆禍事件」経験後日本に渡り、戦争時代の韓日問題に目覚めたのち、長い時間をかけて本格的な現場取材と資料収集を行い、それに基づいて朝鮮人徴用坑夫そして原爆被害者の実相と真実を暴いた力作である。韓水山の視点は「筆禍事件」以降、歴史と社会に対する深い関心と省察を見せる。『軍艦島』はこうした歴史と社会に対する作家の視点が集大成された作品であるという点、しかもそれが韓国と日本の両国で刊行されたという点に大きな意義があろう。

本章は、作品論に基づき作品誕生の背景、朝鮮人徴用の過程、徴用坑夫の日常、徴用坑夫の脱出と蜂起、作品の特徴と主題について考察したものである。特定の論点に焦点を当て、その方向から徹底的に論理展開を試みたような論究ではない。しかし、朝鮮人強制徴用施設のユネスコ世界遺産登録をはじめ、様々な歴史問題より韓日間の争いが絶えない今日、〈軍艦島＝端島〉が韓日懸案の象徴的対象として浮上したところに鑑み、作品『軍艦島』に描かれた朝鮮人徴用坑夫の哀歓と実相を明らかにすることによって、朝鮮人強制徴用と韓日の歴史問題を再考する切っかけになればと思った。

『軍艦島』は、韓水山の戦争時代を直視した歴史観と作家としての召命意識に基づき、『陽は昇り、陽は沈む』から出発し、『カラス』を経ての改作過程を通じて生れた作品であるだけに、その世界では強制徴用と原爆をめぐる問題が浮き彫りになっている。一方、作家の内面を探れば、「カトリック殉教」という宗教的色彩が加わり、人間の個々の性格と本質への描写においてその重みと深さの密度が高まっている点を否定することはできない。

韓水山は、それぞれ違う家庭環境と生い立ちを持った人物たちが日本帝国主義と戦犯企業の組織的介入によって端島炭鉱に徴用され、耐え難い屈辱や苦しみに苛まれながら祖国愛と自由の精神に目覚めていく過程を描いた。そして地獄のような苦難の日常からようやく脱出した彼らが再び被爆を受ける悲劇的現実と戦争の残酷さを、被害者の証言に聞いてリアルに描写した。従ってこの作品は、戦争時代の端島炭鉱での状況と、長崎被爆の「歴史を文学で復元したもの」（作者証言）であるに違いない。

だから、作家韓水山が『軍艦島』を二十七年かけ出版するまでの経緯と執筆背景はもちろん、『軍艦島』に描かれた朝鮮人の徴用過程と生活像について探ることは欠かせない作業である。さらに『軍艦島』に登場する朝鮮人坑夫たちの哀歓と脱出、蜂起の過程に光を当て、日本帝国主義時代の朝鮮人坑夫たちの実相がどうであったのかを、人間性回復の次元から究明することの重要さは強調するまでもない。

植民地の記憶と戦争の痛みを繰り返さないために、その時代の残酷な歴史を復元したテキストの意味は、正常な韓日関係の成立と、悲劇を生みだした主体の省察を要求する。他方、徴用被害者や原爆被害者の問題など、まだ解決されていない韓日間の懸案について考えさせ、日本の国民国家形成と戦争遂行に賛同した勢力とその追従者たちの犯した歴史的過ちをも厳しい目で見つめ直す。

初出一覧

第一章　『明暗』における病気と戦争―漱石の内部と外部のたたかい―
『近代文学研究』二十四号、二〇〇七年一月。
付記〈漱石と韓国―東洋の価値　新たに認識〉『熊本日日新聞』二〇一一年四月二十三日付

第二章　『点頭録』論―死の年に語る漱石の平和メッセージ―

『近代文学研究』二十七号、二〇一〇年四月。

付記〈『点頭録』、そして『明暗』の誕生〉『本と人生』一三七号、汎友社、二〇〇五年五月

第三章　松田解子『花岡事件おぼえがき』考―朝・日、朝・中労働者の連帯の視点から―

『民主文学』五三九号、二〇一〇年九月。

付記〈『地底の人々』の舞台を訪ねる（一）〉『日本文学協会近代部会誌』三〇〇号、二〇〇九年九月

第四章　松田解子『地底の人々』論―不適切な関係に見出されるもの―

『中央評論』二八一号、二〇一二年十月。

付記〈『地底の人々』の舞台を訪ねる（二）〉『日本文学協会近代部会誌』三〇一号、二〇〇九年十月

第五章　新美南吉を社会的視座より読み直す―「アブジのくに」ほか―（書き下ろし）
付記〈韓・日青少年平和交流を振り返る―韓・日作家紹介の視点より（一）〉『オルタマガジン』一三三号、二〇一五年一月

第六章　文炳蘭の詩と作家精神―反戦と抵抗そして統一―

『民主主義と人権』第十五巻、二〇一五年十二月。

付記〈韓・日青少年平和交流を振り返る―韓・日作家紹介の視点より（二）〉『オルタマガジン』一三三号、二〇一五年一月

第七章　韓水山『軍艦島』を読む―朝鮮人徴用抗夫の視点より―

『韓日民族問題研究』三十一号、二〇一六年十二月。

付記〈「韓水山『軍艦島』を読む」への理解を深めるために〉書き下ろし

あとがき

一九八八年ソウルオリンピックの年に日本に留学、その時から漱石を読み始めたのでかれこれ三十年近くが経った。これまで韓国の視点から漱石を読もうと励んできたが、今でも漱石の西洋を見る目と、アジアを見る目に少なからぬギャップがあることに疑問を抱かざるを得ない。

しかし、その問題を否定できないと認めながらも、一方漱石が巨視的な視点から一世紀前に平和の大切さを強調し、戦争の残酷さを警告した事実に注目せずにはいられない。漱石は肉体が老衰し色々な病気に苦しんいた晩年に、より鮮明な言葉で人類の文明を破壊する戦争の惨状や軍国主義を厳しく批判した。最近つくづく思うのだが、漱石の勇気は晩年に一層光り輝いているのではないかと思う。

本書にも触れているが、漱石がより革新的な社会活動ぶりを見せたのも、世を去る二年前のことであった。一九一四年四月、教え子森田草平や生田長江らが社会主義者堺利彦と共に『反響』を創刊すると、漱石は創刊号の題字を書くなど、教え子たちが中心になっているその雑誌と深い関係を持つ。そこには馬場孤蝶、徳田秋江、与謝野晶子なども入っていた。

ところで、馬場孤蝶がその雑誌『反響』を基盤として一九一五年三月の衆議院選挙に立候補すると、漱石は堺利彦と一緒に馬場孤蝶の推薦者となり、推薦状の筆頭に名前を書くなど積極的に彼を支持した（伊豆利彦『夏目漱石』新日本出版社、一九九〇年、一八六頁参照）。

馬場孤蝶は政治と文学、あるいは民主主義と社会主義に接点を追求するような目的で色々動いていたのであり、いわば漱石は彼の政治的後援者となったのである。漱石が「私の個人主義」を掲載した『孤蝶馬場勝哉氏立候補後援現代文集』はそのような背景から生まれた。彼が晩年いかに社会懸案に対する自分の見解を明らかにしたかが十分うかがえる。

本書の漱石論はこういった漱石晩年の活動を強く意識しながら書いたものである。「『明暗』における病気と戦争」では漱石が世界大戦を念頭において津田の病気を描いた点に焦点を当てたが、一方小林を通して、虚勢と贅沢さに囚われたインテリゲンチャの住む上層社会を厳しく非難し、日本社会の現実に対する鮮烈な批評を発した漱石の強烈な意気込みも、前述した漱石晩年のその精神的活力と無関係ではないだろう。

人間の日常と自由が特権階層と何らかの力によって侵犯されることに対する無意識的といえるほどの強い抵抗。漱石の生い立ちについて触れる必要もなく、漱石の生と文学の底辺にはその抵抗意識が流れているといえよう。

私が漱石論をめぐって伊豆利彦先生（当時横浜市立大学名誉教授）と交流し始めたのは二〇〇〇年代半ば頃だった。私は韓国の大学に勤めながらも日本文学研究者として、つねに日本文化に接すること、日本の研究者と情報交換をすることを意識していた。したがって、韓国に居住する私としては、読むことや書くことにおいて韓国の土壌にとどまりがちな状況をいかに乗り越えるかが課題であったからだ。ちょうどその時に幸いなことに伊豆先生との交流が生れたのである。

漱石を中心に日本近代文学を論じてきた老研究者が、激しく揺れ動く時代の動向について鋭く批評するその内容は、「文学研究者も現実を見つめ、何かそれに助力する方法を工夫しなければならない」と考えていた私に学ぶところが大きいものだった。

私が伊豆先生の社会文学を捉える視点に同感し、ご著書『戦争と文学――いま、小林多喜二を読む』をハングルで翻訳し、韓国に紹介したのもそういった理由に基づく。しかし、その作業が切っ掛けになって、小林多喜二と同郷出身作家で、戦争時代の朝鮮人被害者の問題に取り組んだ松田解子に出会うとは思いもしなかった。

多喜二の評論がハングルで翻訳されたことを耳にし、光州を訪れた日本人研究者より「うちの地元には多喜二のほかに朝鮮人問題の解決に献身したもう一人の作家がいる」という驚きの言葉を聞く前には、花岡事件も松田解子も知らなかったからである。何より、花岡事件は中国人犠牲者の問題であるものの、そこには非常に重要でまだ未解決な朝鮮人の問題が隠されていたことに韓国人研究者として義務感を覚えずにはいられなかった。当時並々ならぬショックを受けたことを告白する。本書の松田解子論二本はこうして書かれたものである。

私が戦争時代の朝鮮人・中国人と日本人との交流を描いた新美南吉に注目することになったのも、松田解子読みの延長線に立って、戦争時代のヒューマニズムに目を注ぎたかったからである。

私は松田解子を読みながら戦争時代に被害を受けた地元のお婆さんを支援する市民活動をしている最中、偶然韓日青少年交流プログラムを通じて半田市を訪れる機会を得た。そこで新美南吉の「アブジのくに」をはじめ、戦争時代の革新的作品に出合ったのが新美南吉論に取り組む契機となった。

文炳蘭論も韓水山論もこうした研究と社会的実践活動を並行して行っている時に、悲惨な戦争と武力の歴史をどう乗り越えるか、苦難の過去をありのまま直視しながら不幸を二度と繰り返さないためにはどうするべきか、と悩みつつ作成した論考である。従って本書にはこれまでの十年間の研究者として活動してきた道のりが示されているといってよかろう。しかし一方、本書で取り上げた日本の作家、韓国の作家に共通して読み取れるものは、国家イデオロギーと権力に立ち向かった反戦意識とその大切な平和精神であるに違いない。これこそ『戦争と文学―韓国から考える』という題名をつけた根拠でもある。

伊豆先生のご訃音に接したのは昨年十二月二十三日。とても残念で深い悲しみでいっぱいだった。振り返ると、私は韓国人研究者として伊豆先生と長期間交流できる幸運を得た。それだけではなく、こちらからも韓国の学会（韓国日本語文学会）や漱石研究会に先生を招聘しご講演を聞く機会を持った。漱石の翻訳書（ハングル版）『私の個人主義ほか』の作業も先生から解説文をいただくなど大変お世話になった。この場で先生のご冥福を再度お祈りするとともに先生のご逝去を悼みたい。

そして二冊目の論集『漱石と朝鮮』を刊行する時から中央大学の広岡守穂先生にいろいろご支援していただいている。今は共同研究者として中央大学政策文化総合研究所で一緒に「東アジアにおける文学の社会的役割についての比較研究」というプロジェクトを進めている。感謝の言葉を申し上げる。

また本書を「平和学入門」という講座のテキストとして選定してくださった愛知教育大学の納谷昌宏先生や、購読推薦書として支援してくださった松田解子の会、民族芸術研究所の茶谷十六前所長にも謝意を表したい。

なお新美南吉論に取り組むに当たって「半田空襲と戦争を記録する会」の佐藤明夫代表と「名古屋三菱・朝鮮女子勤労挺身隊訴訟を支援する会」の高橋信代表にもいろいろお手数をお掛けした。この場を借りてお礼申し上げる。

二〇一八年九月　韓国　光州にて

金　正　勲

〈著者紹介〉

金正勲（キム・ジョンフン）

1962年韓国生まれ。韓国・朝鮮大学校国語国文学科を卒業後、日本に留学。関西学院大学大学院文学研究科で学び、博士学位取得。韓国の視点から日本文学を読むことに励み、さらに文学の社会的役割を意識しつつ韓日文化の掛け橋になる活動に専念している。現在、全南科学大学校副教授。中央大学政策文化総合研究所の客員研究員。

著書に、『漱石と朝鮮』（中央大学出版部）、『漱石　男の言草・女の仕草』（和泉書院）、『夏目漱石文学研究』（J&C、共著）、『夏目漱石作品『こゝろ』研究』（J&C、共著）。

訳書に、『私の個人主義　他』（チェク世上）、『明暗』（汎友社）、『戦争と文学―いま、小林多喜二を読む』（J&C）、『地底の人々』（汎友社）、『花岡事件回顧文』（ソミョン出版）、『新美南吉童話選』（KD books）、『文炳蘭詩集―織女へ・一九八〇年五月光州ほか』（風媒社、共訳）、『金準泰詩集―光州へ行く道』（風媒社）など。

戦争と文学―韓国から考える―

2019年1月25日　発行

著　者　金 正 勲

発行者　松山　献

発行所　合同会社 かんよう出版

〒550-0002 大阪市西区江戸堀2-1-1　江戸堀センタービル9階
電話 06-6556-7651　FAX 06-7632-3039　http://kanyoushuppan.com

印刷・製本　有限会社 オフィス泰

ISBN 978-4-906902-59-0　C0095　Printed in Japan